韓・詩 セレクション 04

泣いたって
変わることは
何もないだろうけれど

パク・ジュン

趙倫子 訳

CUON

운다고 달라지는 일은 아무것도 없겠지만

This book is published with the support of
the Literature Translation Institute of Korea (LTI Korea)

目次

二部

三部

四部

おわりに

凡例　＊と〔　〕は訳註を表す。

はじめに

陰

人がやっていることは
自分も全部やって生きていくのだと
かたくなに決めていた日々があった。

ひなたの方に
みずから背を向けて

歩まずともよい道を
急いでいた頃があったということだ。

一部

あの年　仁川《インチョン》

あの年、君の前に立つと言葉がうまく出てこなかった。
僕の口の中で僕がつんのめっていたから。

あの年　慶州《キョンジュ》

とある大きなお墓の前で
あなたが僕の手のひらを開き
指で文字をいくつか書いて見せた。
そしてまた僕の手のひらを閉じた。
僕は何が書かれていたのかもわからないのに
何度も何度もうなずいていた。

ふたつの顔

僕たちは島へと旅に出た。彼女は僕と日の出が見たいと言い、僕は日の入りの風景が美しいだろうと言った。夜遅くに着いた初日、疲れていた二日目、そして街なかに滞在していた三日目が過ぎてしまうと、僕たちが日の出や日の入りを見るのに、たった一日しか残されていないのだった。

最後の日は一日中、濃い霧がかかり激しい雨が降り続いていた。日の出が見られる島の東側や日の入りを見られる島の西側への道のりはそれほど遠いわけでもなかったのに、先延ばしにしていたことが悔やまれた。

それでももしかしたらと思い、朝には日の出の、夕には日の入りの名所といわれるところへと行ってみたが、夜明けはうすぼんやりとやって来て、夕映えもないままに宵闇が訪れた。そしてその日、僕たちはソウルへと戻った。

それぞれが見たかった風景を見られないまま島を去ったということが、帰る間ずっと気にかかっていた。もしかして、これは僕たちの関係をそのまま表している場面なんじゃないかと思ったからだ。きっと彼女も似たようなことを思っていたのだろう。それはまるで予感だったかのように、まもなく僕たちの関係は終わりを告げた。

ずいぶん経ってからまたその島を訪れた。今度は僕ひとりだった。遅すぎた反省をするように、島にいる間ずっと、日の出と日の入りを見に行った。運のよいことに晴れた日が続いた。

日の出と日の入りの二つの場面は、見れば見るほど似ているところがたくさんあった。わざわざ表情を作ったりしなくても澄みきっていたあの年の君の顔、ことさらに隠したりなんかしないで思いきり頬を染めていた僕の顔が、おたがいによく似ていたように。あるいは、初めて交わす「アンニョン〔こんにちは〕」と別れの「アンニョン〔さよなら〕」がそうであるように。

生きつづける言葉

僕は誰かと話をするとき、ワンセンテンスほどの言葉を憶えておこうとする癖がある。

「熱いお湯、持ってきてくれるかい」というのは祖父が僕に残した最後の言葉、「あのとき会った中華料理屋で近いうちに会おう」というのは、日頃から慕っていたベテランの作家先生の最後の言葉だった。申し訳ないことに僕は二人の臨終に立ち会えなかったので、この言葉は彼らが残してくれた遺言になった。

先に死んだ人たちの言葉ではなくても、僕にはずっと憶えている言葉がたくさんある。「今度会う時はあなたが好きな鍾路《チョンノ》で会いましょう」というのは盆《ブン》唐《ダン》のとある通りで別れた昔の恋人の言葉だし、「近頃の忠武《チュンム》路《ロ》[*1]には映画がない」というのは、今ではすっかり縁が切れて自然と遠ざかってしまった前の職場の同僚の最後の言葉だ。

僕はもう彼らに会うことはないだろうし、もしも道ですれ違ったとしても、たぶん目だけでそっと挨拶し、ふたたび遠ざかっていくだろう。だからこれらの言葉はやはり彼らの遺言になったようなものなのだ。

逆に、僕が他人になんとなく言ったことが、僕が彼らに残す遺言になることもあると信じている。だから同じことを言うにしても、少しでもあたたかく、美しい言葉で話そうと努めている。

けれど、たやすいことではないのだ。今日だけでも、朝の業務会議の時間に〝戦略〟〝全滅〟なんて、よくよく考えてみれば恐ろしい意味を持つ戦争用語をなんということもなく使ったし、昼食時には食堂で偶然出会った知人に「そのうちまたご飯でも行こうよ」なんてありきたりなことを言ったし、夕方以降はひとりでいたから誰かと話す機会がなかった。

言葉は人の口から生まれ人の耳で死ぬ。けれど死なずに人の心の中に入ってずっと生きつづける言葉もある。

僕のように、他人の言葉を憶えておくことがほとんど習慣になっているというほどではなくても、多くの人はずいぶんたくさんの言葉をそれぞれの心の中に留めて生きている。恐ろしい言葉も、うれしい言葉も、いまだに胸の痛む言葉も。そして心ときめかせる言葉もまた生きつづけているだろう。

黒い文字がびっしりと書かれた遺書のように、たくさんの遺言たちをいっぱい詰めこんだ、あなたの心を思う夜。

夜明けにかかってきた電話

——詩人　李文宰《イムンジェ》＊2

「悲しくって電話したんだ。いちばん悲しいのは、場所がなくなることなんだ。なくなってしまえば、どこに行ってももうその場所を見つけられないんだ。君はどこにも行かないでくれ。どこにも行かないで鍾路の清進屋《チョンジノク》＊3に来てくれよ。今、来てくれよ」

待つこと、記憶すること

太白《テベク》に行くのが好きだ。知り合いもいないのに僕はしょっちゅう太白に行く。西へと流れる漢江《ハンガン》の源流である倹龍沼《コムニョンソ》と、南へと流れる洛東江《ナクトンガン》の源流である黄池《ファンジ》が太白にある。高麗《コウライ》アザミ、オタカラコウ、ミツバのような香りのよい山菜も太白にある。けれどなにより僕が好きな太白の姿は、人家と廃屋がかわるがわるたち並ぶ集落、その前を暗い灰色の川が細く流れている風景なのだ。

かつて太白には十二万を超える人が暮らしていた。石炭産業が盛んだった頃の話だ。それが今では四万人を少し超えるほどだ。三軒のうち二軒は住む人を失っているのだから、廃屋が多いのは当然のことだ。

僕は廃屋がみすぼらしいだとか、不気味だとは思わない。誰かがそこで明かりを灯し、ご飯を炊き、愛し、病気になり、そんなふうにしながら自分に与えられた時間を全《まっと》うした、ということ。

廃屋は自分と、いっしょに暮らしていた人の時間を風に葬るかのように少しずつ傾いていく。割れた窓ガラスと半分ほど開いている門の間に風を吹きわたらせながら。

どんなところでも一坪あたり一千万ウォンを軽々と超えてしまう、だから人が人を追い立てるようなことがあまりにも頻繁に起こっている都市とは別の姿をして、今、太白はある。大地が人を包み込むやり方で。

去った人を記憶することは、まだ来ぬ人を待つのによく似ているということを証明でもしているかのように。

手紙

手書きの手紙をやりとりしなくなって久しい。最近受け取った手紙は、去年の春、サンフランシスコに新婚旅行中の新郎から届いたものだった。「敬愛する詩人さまへ」で始まり、「ここに来て、さまざまな人々が生きているさまを見ていました。どこであれ、生きているということは息苦しくもあり、また幸せでもあります。余白があまりありありません」という言葉で結ばれていた短い手紙だった。しかし、その手紙が僕のもとに届く頃には、彼はもうソウルに帰ってきていたから、返事を送ることはできなかった。

数年前、姉を事故で亡くした。あのとき、なぜそんなことをしたのかわからないが、僕は姉が暮らしていたオフィステル[*4]を、まるで何かに追われるかのように、ほんの数日のうちに慌ただしく引き払った。〝キタロー〟という名前のロシアンブルーの猫は姉の友人が連れていき、鞄と服は燃やし、本は捨てた。ひと月に何度も外国に出かけるような職業だったから、珍しいものや高価なものがたくさんあった。けれど、そんなものが当時の僕の目に、捨てるには惜しいものとして映るはずもなかった。

けれど、一つとして捨てられなかったものがある。それは姉が亡くなるまでに受け取った手紙だ。十年以上は経っていそうないくつかのスニーカーの箱に、彼女が生涯に受け取った手紙がぎっしり詰め込まれていた。封筒に切手が貼られていたり、消印が押されたりしている手紙より、便箋をメンコの形に折ったものや、ノートみたいなものを破って折りたたんであるものが多かった。メモ書きのように短い内容もあれば、トイレットペーパーに小さな文字で書かれた長い手紙もあった。

僕は手紙の内容が気になって、手当たり次第に開いては読んだ。しばらく読みふけっているうちに、思わぬところで涙があふれだした。一九九八年秋、高校生の姉が、友人たちとリレー式にやり取りしていた手紙だった。そこには、「今日のお昼は、給食が早くなくなっちゃったから食べそこねちゃった」というようなことが書かれていた。もうこの世にいない人が十年以上前に感じていた、ある昼食時の空腹感。それをやりすごす術《すべ》が僕にはなかった。もうそこまでにして、手紙を盗み読むことをやめた。

　これまで生きてきて、時には侮辱されたり、非難されたりしたこともあった。おたがいの誤解が重なってそうなったこともある。もちろん明らかに僕が間違っていたこともたくさんある。確かなことは、僕が受けた侮辱や非難の多くは話される言葉によって聞いたということだ。

　そのうち誤解が解けたり、怒りが落ち着いた頃に相手から謝罪を受けたりしたことも幾度もあったが、よくよく考えてみると、そのような謝罪は、話される言葉より書かれた文字によって受け取ることが多かった。どんなに短いものであっても、それが謝罪と赦しと和解の言葉なら、僕にとってそれらはすべて手紙になる。

　どう生きるべきか、どんな生き方が正しいのか、僕はいまもわからずにいる。けれどこの先もたくさんの手紙を受け取りながら生きていきたい。手紙は、怒りや憎しみより、愛情と思いやりにもっと近いものだから。手紙をもらうことは愛を受け取ること。そして手紙を書くことは愛することだと思うから。

今日は遅くなった返事を書くつもりだ。僕たちの手紙は長く続くだろう。

あの年　麗水《ヨス》

あの年の夜の星あかりは
僕たちがいたところを明るくはできなかったけれど
おたがいの瞳の中で輝くには十分でした。

朝ごはん

僕は死んでしまった人たちが好きだ。死んでしまった人たちのことがわけもなく好きになるというのも、病気といえば病気なのだろう。けれどもこの世に生きている人の数より、この世を去った人たちの数のほうが多いのだから、これは当たり前のことじゃないか、とまた一方では思ったりもする。

なんであれ、生まれ変わることができるなら、僕より先に死んでしまったすべての人たちと一緒に生まれ変わりたい。かわりに今度は僕が先に死にたい。僕が先に死んで、彼らのために悲しみに暮れていた思いをお返ししてやりたい。

葬儀場に入るときから涙をこらえ続け、熱いユッケジャン[*5]で焼酎を飲み、さきいかでビールを飲み、ふらふらと家に帰る気分、そして家のドアの鍵を閉めてようやく、あふれさせることができた涙を、彼らにも返してやりたい。

そうして泣きながら眠りについた翌朝、腫れた目と、まだ痛んだままの心と、食欲はないけれど、それでも何か食べなくちゃと押しこむごはん。そのあたたかなひと匙のごはんを彼らに食べさせてあげたい。

季節の変わり目

季節の変わり目に、僕はもっと苦しむべきだった。体調に気を遣ったり、仕事を切り上げて病院に行ったり、温かい白湯《さゆ》をたくさん飲んだり、くしゃくしゃになった薬の包みを破って飲んだりせずに、くすぶったままの心配ごとを思い出したりしながら、もっともがき苦しんでいるべきだったのに。

すっかり寝込んで、電気毛布の温度をうんと上げて、これまで出会った人たちのことを考える間《ま》もないほど汗をかき、外からやってくる寒さと体の中から広がってくる熱との間で途方に暮れているべきだったのに。

どんなに手を伸ばしてもあなたに届かない悪夢にうなされ、汗まみれの布団をひっくり返してまたひっかぶり、うんざりするほどの長い夜をやり過ごすべきだったのに。

どうにか訪れた新しい朝、弱々しく差し込んでくる窓の日差しを見ながら、少しはましになった気のする体をあちこち触りながら、生まれ変わったような気持ちになるべきだったのに。

寝床から起きだして、こんな暮らししてちゃだめだ、こんな暮らししてちゃ、と、くどくど言い続けるべきだったのに。

雨

彼は雨が降っているのだと言い、
僕は雨が舞っているのだと言い、
君はただ、悲しいと言った。

あの年　挟才《ヒョプチェ》

誰も知った人のいないところで長い間沈黙し
過去を話さなくてもいいということに少しほっとしました。

白く、か細いひかり

眠ることが好きだ。人として生まれ、向き合ってきた悩みや恐れ、痛みのようなものを僕はほとんど眠ることで解決してきた。別れのつらさや未来に対する不安や、熱にうんうんとうなされることも、ひと眠りすればずいぶんよくなっているものだ。

けれど、眠っても解決できない記憶というのもある。そんなとき、僕は夢を召喚する。召喚すると言っても特に変わった儀式があるわけではない。眠りにつくまで、一つのことを思い浮かべるというだけのことだ。

最近の夢にはあなたがよくでてくる。夢の中の場面は毎回白黒で、あなたは何も言わずにこちらに背を向けて座っていたり、野原の遥か遠くに立っていたりするのが普通だ。けれど、運がいい日は向かい合って話をすることもある。そんなときには、僕はこれまで気になっていたことをあれこれ矢継ぎ早に聞いてみたりする。「どうにか生きてる？」いやちがうな、「死ぬのも悪くない？」「必要なものはない？」「この前一緒に来ていた人は誰？」

ある時なんて、久しぶりに現れたあなたに会えたことがものすごくうれしくて、僕の頬をつねってくれないか、と夢の中であなたに頼んだことがあった。あなたは笑って僕の頬を強くつねった。しかしどういうわけか、ちっとも痛くない。

その時になって、今自分が夢の中にいることにようやく気がついて、声をあげて泣いた。そんな僕をあなたは何も言わずに抱きしめてくれた。思いきり涙を流して、目が覚めた時には朝の光が僕の体の上に差し込んでいた。あなたのように、白く、か細いひかりだった。

碧蹄行《ピョクチェこう》

長い間住んでいたところの近くに火葬場があった。正式名称はソウル市立葬祭場。火葬場は僕が生まれるずいぶん前、一九七〇年秋、高陽《コヤン》市碧蹄に移転したが、町を貫く大通りを大人たちはそのまま火葬場通りと呼んでいた。当時火葬場には、全部で七つの火葬炉があったのだが、そのうち、中ほどに位置する四つか五つの火葬炉の火力が強く、喪主たちは火夫に心づけを渡してそこを先に取ろうとしたという。もちろん火葬が済んだ後の分骨の際には遺骨をきれいに砕いてほしいと火夫にお金を渡すことも慣例になっていた。

町は朝から夕方まで鈴《りん》を鳴らす音と、棺を運ぶ人の歌う野辺送りの歌と、遺された人びとの慟哭で満ちていたという。たまに、棺も葬列もなく荷車に遺体をのせて運ばれてくる貧しい死もあり、一九六〇年代の中頃からは輿《こし》に替わって棺を運ぶバスが頻繁に行き来していた。幼い頃の僕は、火葬場があった場所に建てられた図書館から丘を見下ろし、野辺送りをしょっちゅう想像していた。

火葬場の跡地ではなく、本当の火葬場に初めて行ったのは高校生の頃だった。当時、学校があった鍾路から、いちばん家が遠かったジュンボムが碧蹄に住んでいた。色白で目が大きく、笑うときには一度ではなく、かならず三度笑っていたジュンボム。ジュンボムの家は碧蹄の火葬場の近くのビニールハウスだった。見た目はビニールハウスだったが、不思議なことにハウスの中は普通の家と同じだったことが随分長い間記憶に残っている。

ジュンボムと別れて再び自分の家に帰る途中、僕は火葬場の前の停留所でバスを待っていたが、待つのをやめて丘に登って駐車場を通り過ぎ、建物の中に入ってみた。大理石で建てられたその火葬場には二十以上の火葬炉があった。そこにいる人びとはあちこちで煙草を吸い、あちこちで泣いていた。地下食堂には菜っ葉のスープを食べる人がいて、火葬を終えた一団がバスに乗って帰っていくんだな、と思っていると、また別のバスから目を腫らした人びとが一斉に降りてきた。

この文章を書きながらその頃の日記帳を開いてみたのだが、僕が火葬場に行った日は二〇〇〇年四月五日だった。「もしまた碧蹄に行くことがあるとしたら、それはできるだけ遠い未来のことだったらいいなと思う」という一文があり、「それでも人間の最期が大きくてぶ厚い木で作られた棺とともにあるということは幸いなことだ」という一文もあった。

しかし、当時の希望とは違い、僕はそれほど遠くない未来に碧蹄に行かなければならなかった。悲しいことだが、また幾度かは行かなければならないだろう。それでもどこか深い森で育った一本の木と、ある一時期をともに過ごした人びとの悲しみの中に、僕たちの最期が置かれるということは、幸いなことだと今も変わらず思うばかりだ。

涙と息づかい

慟哭、人、隣、泣き声、もの悲しい、途切れそうで、またつづく、泣き声、
その合間に、聞こえる、息、涙に追われるように、急いで吸いこむ、息づかい、
涙、涙よりもっと悲しい、息づかい。

夢見の部屋

新たに引っ越した先は花田《ファジョン》というところだった。ずいぶん昔に建てられた正方形の広い韓屋《ハノク》〔韓国の伝統的な建築様式で建てられた家屋〕は、しばらくの間住む人がなかったせいか雨漏りがし、梁も反りかえっていた。家は二つの季節がすっかり過ぎてしまうまであれこれと手を入れて、ようやく人の住む家らしい姿になった。

庭のライラックや裏の家庭菜園も良かったけれど、僕がその家の中で一番好きだったところは北側に窓のある離れだった。ずいぶん前、この離れはムーダン〔巫女〕*6が間借りして祭壇を祀っていたという。日の差さないその部屋はいつも暗く、じめじめしていた。

その頃、僕はコンビニで夜勤のアルバイトをしていた。夜十時に入って翌朝九時に家に帰る。離れは、昼間に寝る僕にはうってつけだっただけでなく、両親がいる母屋から遠く離れていたので、見られたくない下手な創作なんかをするにも都合が良かった。その部屋で僕は気ままにふるまうことができた。

不思議なことにその部屋で眠ると必ず夢を見た。夢といってもただの夢ではなく、総天然色の夢、長回しの映画のように途切れることなく色鮮やかな夢だった。僕だけがそうなのかなと思い、家族やたまにやって来る友人たちにもその部屋で寝てもらったが、彼らのほとんどが僕と同じ体験をした。

その部屋での夢は白紙のようなもので、眠りにつく前に布団に横になってその日見たい夢の大まかな絵を想像しておけば、ほぼ間違いなくそれに近い夢を見ることができた。夢の中で僕は、デビューを果たした詩人になったり、アクション映画のスターになったりもし、一度も食べたことのないニベの刺身を味噌につけて食べたりもした。

〝夢〟に関する本も探してたくさん読んだ。アフリカのある部族は、〝夢の滑降法〟という方法で夢を作るそうだ。目を閉じて広い大地を思い浮かべてから、自分の体を空中に浮かせ、地面に着地させることを繰り返し想像すると、日ごろ見たいと思っていた夢を見ることができるというのだ。僕は作って見る夢を正確なものにしたくて、この方法を何度もやってみたが、そのたびに砂漠を歩く夢を見た。

問題は夜だった。離れで夜に見る夢は、昼とは違って悪夢だった。うなされたこともしょっちゅうあったし、どうにか怖い夢から醒めて両親のいる母屋に行こうとすると、部屋の戸が燃えていたり、鎖で施錠されていたりする〝二重の悪夢〟を見ることもあった。これもまた、離れで眠った人がやはり共通して体験する羽目になることだった。

何年もしないうちに僕と家族はその家を去らなければならなくなった。廃屋だった家が人の住まう家としての姿を取り戻すと、大家は契約の更新を拒否し、自分がそこに住むと言いだしたのだ。けれども手入れがたいへんだったのか、しばらくして大家はまたその家を出た。昨年の春、僕は花田のその家にもう一度行ってみた。廃屋になっていた。空き家はまた雨漏りがし、苦労して作った土壁もずいぶんと崩れ落ちていた。

けれどライラックの花からは、あの頃と変わらずよい香りがし、裏庭に植えてあった木々は他の雑草たちともつれあいながら生い茂っていた。中に入ることはできなかったが、僕が「夢見の部屋」と呼んでいた離れも、あの頃と同じ闇を抱いているようだった。

花田のその家がなくなる前に離れに入って昼寝をしたい。あなたに会う夢を作って、見たい。きちんと整えた食膳で一緒にご飯を食べ、いままでできなかった話をし、時間が許すなら新しく書いた詩をいくつか読んであげたい。

門の前まであなたを見送り、部屋に戻ってあなたが落とした髪の毛を一本一本拾いながら掃除をしようと思う。その長い夢から目覚めて、ぼんやりした顔で座っているうちに、ふいに強い空腹感をおぼえるかもしれない。

体と病

　僕たちの体はしばしば病気にかかる。これまでの僕の人生を考えても、大病に襲われたことはないが、無数の小さな病気が僕の体を通り過ぎていった。扁桃腺が炎症を起こすことも、喉が腫れることもよくあった。体にヘルペスウイルスが広がって苦労させられたこともあったし、それよりももっと頻繁に過労で体調を崩したり、風邪をひいたりしていた。それに比べて片頭痛は一年に一、二度ぐらいで、子どもの頃にかかったという肺炎については今では思い出すこともない。

　実際のところ、ほとんどの病気はある日突然にかかるわけではない。例えば、糖尿や高血圧は決まった数値に達したときに、初めて病気として診断されるが、正常範囲内にある人でも数値が少しずつ上がってきているところにあるなら、それは病気の前段階にいる。韓医学[*7]ではこれを未病と呼ぶ。

この未病の時期は治療しやすい反面、自分では気がつきにくい。このことは、僕たちの誰もが持っている他人との関係と似ていると思う。人と人との関係が壊れることは、ある日突然に起こる事件というよりは、些細な心のすれ違いから始まることが多い。けれども残念なことに僕たちはこれを大ごととは思わずにやり過ごしてしまう。

未病の時期を過ぎて、症状と痛みは僕たちの体が蝕まれ始めていることを教えてくれる。多くの臓器と器官は痛みによって自分の存在を気づかせる。胃痛が始まって初めて胃がここらへんにあったのだということを知り、痛いところは腰なのに、手足が先に痺れるとき、全身の神経がつながっていることを改めて感じる。

僕はこのことからもやはり人との縁について考える。関係がうまくいっているときは僕がその人をどれほど思い、その人が僕をどれほど思っているのかについてそれほど気を遣ったりしない。どちらかが不十分であれば、もう一方がそれを満たせばいいと考えるからだ。

けれど、関係が終わってしまうと、それまでおたがいにわかち合っていた思いの大きさと温度のようなものをはかるようになる。そのときに僕たちは寂しさや、後悔のような感情を抱く。特に、お互いの思いとは関係なく終わりを迎えたとき、僕たちは人として生まれたことを後悔するほど大きな心の痛みを経験する。

ここ数日も体調が悪かった。遅くまで仕事をし、さらに遅くまで酒を飲んだ日々の果てに招いたことなのだ。こうなるのは当然だと思い、どこか少しせいせいするような気もする。痛みと高熱とのどの渇きが続いた。特に夜はずいぶん熱が上がった。ひどいときには僕が寝込んでいる部屋の風景が非現実的に感じられた。

手で肩に触れると異物感のようなものを感じたが、この感じは僕が他の誰かの肩を揉んでいるようでもあり、あるいは他の誰かが僕の肩を揉んでくれているようでもあった。嫌な感じはしなかった。そんなふうに眠って再び目覚めると、ひんやりとした朝の風と一緒に今も誰かが僕の肩を揉んでくれているような気がしてならない。

ふたたび今は

なにかを望んだり　なにかを祈ったりしなくても
またとない素晴らしい季節をともに過ごしました。

そしてそんな日々が過ぎると
もう二度と祈らなくてもいいようにと
自分に祈らなければならない日々が続くのでした。

孤独と寂しさ

話し方教室[*8]に通ったことがある。とにかく口数が少なく恥ずかしがり屋のわが子が心配になったのか、その頃、両親は苦しい家計をやりくりして、近所でそれなりに有名だという話し方教室に僕を通わせた。

しかし両親の期待とはうらはらに、僕は話し方教室に通っていっそう消極的な子どもになった。教室に行くたび、「自信ありげに」あるいは「高らかに」張りあげる子どもたちの勇ましい声にいっそう気おくれしてしまったのだ。教室では、両親を招いての定期的な弁論大会を開いていたが、僕はその大会に出て弁論をすることが一度もできなかった。

幸いというべきか。その後、学校に通ううちに、僕の性格は少しずつ変わっていった。新学期を迎えるたび、慣れない環境に憂鬱になったり、おじけづいたりしたが、やがてすぐに新しい友達ができ、属する集団の中で特に問題なく生活していた。そうして僕は少しずつ人と出会い、つきあうことに長けた人間になっていった。

誰かに初めて会うときは、相手が好きそうな話題をあげ、その人の話を聞くことを楽しんだ。そしてその人に再び会うときには、些細なことでも以前にその人が言っていた言葉を一つ二つ思い出しておいて、さらに深い話をしたりした。関係が疎遠になる前に、自分から相手の近況を尋ね、約束を取りつけることも多かった。そうしていると、月曜日から日曜日までの一週間が約束でいっぱいになることもよくあった。

けれど僕は、そんなふうに他人とのつながりを広げながら生きていくことをそれほど長くは続けられなかった。体より心の方が先に疲れてしまう。どんなに体に良い食べ物でもたくさん食べればおなかを壊してしまうように、僕たちが生きているうちに築くことができる関係にも、ある程度決められた容量というものが存在すると信じている。もちろんその容量はそれぞれ違うだろう。わかっていることは、少なくとも僕は一度にたくさんの人とのつながりを持つ能力がない人間だということだ。

世の中の人びとは、どうすれば広くて深い人間関係を築くことができるかということを追求している。たくさんの自己啓発書と話し方教室のようなものがそのことを証明している。しかし、そのどれも気の重い人間関係を軽やかにすることを教えてくれはしない。もちろん僕も良い方法がわからずにいる。ただ、そんな僕が付け焼刃で選ぶ方法は、携帯電話を切ることだ。そして一人で知らない都市に行き、宿を取って数日滞在する。旅というよりは逃避と呼ぶほうがいいかもしれない。

たどり着いた先で僕は、出前かなにかで食事をとり、もうすっかり輝きを失ってしまった愛や、これまで疎かにしてしまった時間のようなものをしきりに思い出す。うまくいかなかった過去のことや、思うばかりではどうにもならない未来のことを考える。独善の果てにはさらなる独善が待ちかまえていることを知る。「わたしは時のなかに居を構えたかった。それは人の住めないところだった。わたしが永遠の方をふりむいたとき、わたしはくらくらとして何が何やら分らなくなった」(『E・M・シオラン選集2　苦渋の三段論法』及川馥訳、国文社)というエミール・シオランの文章をときどき思い出してみたりもする。

そんなふうに数日、孤立した時間を過ごしてみると、距離を置くことで、僕が離れた場所を初めて懐かしく思い、重苦しいばかりに思われた僕の人間関係の大切さを考えるようになる。そして、彼らの澄んだ眼差しをもう一度見たいと思うようになる。

数年前、仲のいい先輩の詩人とお茶を飲みながら、そんな僕のややこしい癖について打ち明けたことがあった。その先輩は自分も僕と似たような癖があると言って喜んでくれた。そしてこんなことも言った。

「孤独と寂しさは別の感情なんだろうな。寂しさは他人との関係から生まれるんだろう。例えば他人が自分のことをわかってくれないときの、あの気持ちが寂しさなんだろうな。逆に、孤独は自分との関係から生まれるものなんだ。自分自身をわかってやらずにいると、僕たちは孤独になるんだ。誰かとつきあっていれば寂しくはないが、だからって孤独が消えるというのでもない。孤独は自分自身と向き合ってようやく消えるものなんだ。そうやってまたじきに孤独になったりしながらね」

また春が来た。長い冬の間、先延ばしにしていた約束がもう今から増えつつある。ありがたい縁に出会い、〝春の酒〟も断らずに飲むつもりだ。そして人と会い、人生の辛酸と寂しさをともにわかち合うだろう。そうしているうちにまたおのずと孤独になる時間がやって来るかもしれない。そうしたら携帯電話の電源を切ってどこかに行き、自分と向き合って、また戻って来よう。

旌善《チョンソン》や太白、あるいは三陟《サムチョク》もいいだろう。どこであっても、久しぶりに僕が僕と出会うことが、ふたたびめぐってきた春の日のように懐かしく、うれしいに違いない。

旅と生活

僕たちがともにした瞬間たちが
僕には旅のようなものとして残り
あなたには生活のようなものとして残ればいいと思います。

そうすれば僕たちが
この先ともにできない長い時間は
あなたには旅のようなものとして残り
僕には生活のようなものとして残ることでしょう。

二部

自分を好きになるとき

自分自身のことが気に入らないまま、人生の多くの時間を過ごしている。僕はどうして僕でしかいられないのか、という自嘲の混ざった疑問をしばしば持つ。

もちろんごく稀に、自分のことが好きになる瞬間もある。残念なのは、それはあまり長続きしないということ、それにどうやってそんな瞬間を呼びよせればいいのか、僕はよくわからずにいるということだ。

ただ、自分自身をどうしても好きになれないときだけはよくわかっている。親しい人の胸を痛ませてしまったとき、自分自身に対して堂々とできないとき、そのうれしい瞬間はやってこない。僕が誰かを欺いてしまったときもやってこないけれど、僕が僕自身を欺いたとき、その瞬間はいっそう遠ざかってしまう。

相手を傷つけてしまったという自責と後悔によって自分自身をさらに苦しめ

るとき、欺かれた僕が欺いた僕を赦すとき、貧しさ、至らなさのようなものをとりつくろったりせずにさらけ出し、恥ずかしがったりしないとき。その時こそ僕は僕のことを好きになる準備をしているのだと信じている。

あの年　画岩《ファアム》

やみかけた雪は
また激しく降り
僕は帰りの荷造りの手を
とめてしまいました。

あの年　墨湖《ムクホ》

生きるのだと
生きたいのだと　訪れたところ。
古びたそこは　さらなる歳月に晒《さら》されて
今はもう見知らぬところ

墨湖
あるいは
ここ。

昼間の酒

過ぎてゆく一年を眺めていた年末だけをとっても、今年の冬は冬らしくないと親しい人に会うたびに文句を言っていた。冬といえば足がずぶずぶと埋まってしまうほど雪が降り、頭の一方がきーんと痛くなるほど風も冷たくなくちゃいけない、それにそうでないと、寒さを口実に飲むきつい酒がよりいっそううまく感じられないじゃないか、とロマンにも豪気にもほど遠いようなことをうだうだと言いつのっていた。

ところが、正月を過ぎた頃から状況が変わった。大雪と厳しい寒さが交互にやってきたのだ。主要な道路はそれなりに除雪されるらしいが、町の小さな通りは凍ってしまい、しばらくの間は車で出勤することはあきらめなければならなかった。電車の駅までの二十分ほどの間、頭の片側は冷たい風のせいで痛み、もう片側は前日に飲んだ酒のせいで痛かった。

考えてみれば、合法的に酒を飲める年齢になった頃から、いつも酒は僕のそばにあった。酒がなくては乗り越えられないようなときがあったわけでも、酒を通してしか他人と腹を割ってつきあえないと信じていたというわけでもない。ただ、酒そのものが好きだったのだ。

春の訪れを喜んでは飲み、夏は暑気払いだと言っては飲み、秋は涼しくなったと言っては飲み、冬になれば寂しいからと言っては飲んだ。それに、好きな人たちと一緒に飲む酒はもっと好きだ。そんなことをしているから、飲み友達もたくさんいる。

同じく文学をやっている友人たちと飲む酒はある種の安否確認のようなものだ。たいてい、食事をしようと言って昼間に会い、肝心の食事はそっちのけですぐに昼間から酒を飲むことになる。崔泳美《チェヨンミ》*1の詩集『三十、宴は終わった』を読むと、「昼間の酒は酔わない」という一節が出てくるが、僕と友人たちは昼間の酒を飲むときにはこのくだりを何度も繰り返す。そうすると夜は更けていき、日付が変わった深夜、したたかに酔って別れる。昼間に会った甲斐もなく。

文学をやっていてもいなくても、今を生きている僕たちに、現実はずいぶんたくさんのことをあきらめさせたり、耐えさせたりする。もちろん誰かが強要したのではなく、みずから望んだ人生を生きているのだから、くどくどと愚痴ったりはできないのだけれど、それでもふと、人生が漠然として、つかみどころがないように感じられるとき、似たような状況に置かれている友人たちと一緒に飲む酒は大きな慰めになる。

〝酒〟というざっくりとした枠組みでの出会いだから、生物学的な年齢は重要でないことも多い。たまに僕が約束をして会う飲み友達の中には、僕の両親より年配の方も何人かいらっしゃる。友人たちとの酒の席の良いところが気楽であることだとするなら、学ぶところがたくさんある、というのが年配の方々との酒の席の良いところだ。

南峴洞《ナミョンドン》に住んでいらした、今は故人になってしまった先生からは美食を学んだ。先生は、とりわけさまざまな魚や海産物が好きだったが、ヒラメやクロソイ、ホヤやナマコのような、ありふれたものばかりに接してきた当時の僕としては、新しい世界をのぞいたような気分だった。

今でもたまにお目にかかる、鍾路《チョンノ》で生まれ、生涯鍾路で暮らしていらっしゃる先生からはソウルの老舗や、いろいろな強い酒を学んだ。鍾路はもちろん乙《ウル》支路《チロ》と忠武路《チュンムロ》、城北洞《ソンブクトン》まで、僕の中のソウルの地図には、たくさんのものが新たに描かれていった。

恵化洞《ヘファドン》のとある日本料理店だっただろうか。僕にとっては骨の折れる、手に余るような仕事をどうにかやり終えた後にお会いした席だった。僕に良くないことがあったということを先生も伝え聞いていたようだったけれど、そのことについては何もお話しにならなかった。強い酒をたがいに一本ずつ空けるころ、ずいぶん長い間沈黙していた先生が話し始めた。

「生きることになじめないだろ？　それに苦しいだろ？　いいことがあるとすれば、年を取るってことだ。年を取るからって、人生が自分に寄り添ってくれるわけではないけれど、少なくとも自分を虐めたり、ひどく責めたりすることはあんまりしなくなるんだ」

先生のこの言葉が当時の僕には大きな慰めになったことはもちろん、その後も人生の局面を迎えるたびに思い起こす言葉になった。雨の降る午後に酒のことを思うように、自然と思い出される言葉。あるいは酒をたくさん飲んだ次の日の、冷たい水のように切実な言葉。

心の廃墟

「恋人の足の裏と自分の足の裏を合わせない、愛する人には靴を贈らない、部屋に入るとき敷居を踏まない、空バサミをしない、夜に口笛を吹かない、爪は昼間に切る、人の名前は赤い文字で書かない、大事な試験の前にわかめスープを飲まない……」

考えてみると僕は、一度も顔を見たこともない人びとが作りだした迷信のような言葉を実によく信じ、守りながら生きてきた。そのくせ、本当に信じるべき人には疑いを抱いたまま、その人とその人の言葉を信じていないときもあった。

それは他人だけではない。僕は自分自身の人生にさえ心を開かずにいた瞬間が幾度もあった。信じたら信じただけ、傷つけられるような気がしてならなかったのだ。

依然として僕にとって〝信じる〟ということは、生きていて感じるいろいろな思いの中でも、最も漠然として、取り留めのないものとして迫ってくる。その摑みどころのなさと取り留めのなさは、僕がいま信じている相手が裏切るかもしれないという不吉さというよりは、「信じる」という僕の感情が、いつかすり減って尽き果てて色褪せてしまうかもしれないという不安によるものだ。

これまで僕は実にたくさんの言葉と人と時間を信じてきた。信じ続けられる言葉もあれば、より深く信頼を寄せるようになった人も何人かいるし、思い描いていた時間が訪れてくれたこともあった。もちろんそれよりもずっと多く、僕の信頼はすり減り、崩れ、壊れた。立ち上がろうとする心は、そのどれもが廃墟のようだった。

けれど、この心の廃墟から僕はまた新しい信頼を積みあげていくだろう。信じることは明るく確実なところからではなく、暗く不確実なところから生まれると信じているからだ。夜は過ぎ、朝が来る。心の中に新しい信頼のありかを作りあげていくのに、またとない良い時だ。

記憶の野原

僕には、昔の新聞記事を検索するという趣味がある。事件や言及されている人物、広告や映画のポスターまで。当時の新聞は今の僕に、どれも興味深いものとしてやってくる。紙面の片隅にある「空港の動静」という欄も楽しい。〝空港の動静〟というのは毎日空港から出入国する人々の名簿と出国目的、航空便名が書かれたものだ。一般人の海外への出国が制限されていた時代だったからか、〝空港の動静〟に登場する人は高位官僚や政治家、芸能人などがほとんどだ。

クリスマスを前日に控えた日、空港は混雑し、僕は飛行機の搭乗を待っていた。もし今でも新聞に〝空港の動静〟欄があったらどうだろう、もしあったとしたら僕の出国目的欄には〝寒波からの逃避〟ぐらいに書かなくちゃな、なんておかしなことを考えていた。

一万メートルの高度で飛んでいる航空機の中でできることはそれほど多くはない。まだ見ていない映画を無表情に見るとか、安眠とは言えない眠りにつくとか、航空会社から出されている機内誌を何度も見るとか、できるだけ我慢してからトイレに行くことくらいだろう。乗務員に、飲みもの、ピビンバ、鶏肉と牛肉の中から一つを選んで告げることは選択や意志というにはちょっと無理がある。

この単調さを避けることができるかもと、免税店で買った小瓶のモルトウイスキーを、匂いがもれないように一息に飲んだ。季節を越えてゆく鳥たちは数日間休みなく飛び続け、体の大きな鳥であるほど高い高度を飛ぶということも思い出した。昔、あなたの日記帳の表紙に書かれていたタイトルが〝短い春の日差し〟だったか、〝短い春、長い日差し〟だったか思い出そうと必死になった。

遠い時間と遠い空間のことを長い間考えていると、耳が詰まるようなぼんやりとした気分になるが、僕にはこの瞬間がいつでも静かで広い野原のように感じられたりもした。

空の色と海の色がどちらも同じだという太平洋の小さな島。飛行機がそこに到着する前に、いやそれほど遠くに行くまでもなく、僕は記憶の野原で長い間遊んだ。

海南《ヘナム》から届いた手紙

白菜は先に送っておいたよ。
冬が終わったら、一度こっちにおいで。
あげられるものはなにもないけど
会ったら一度抱きしめてあげるから。

泣くこと

人を好きになることは
まるで泣くことのようだと思うことがよくあった。
意図的に始めることもできないし
やめようにも思うようにはやめられないという。
流れ流れて
ぽろぽろとこぼれ落ちたりもして。

屋上へと上がる階段

熱い息があふれ出た。昨日の夜は気がすむまで泣くこともできないまま、こみあげた涙は中途半端なところで低いところへと流れ落ちてしまったようだった。高いところに上がるほど目の前が白くなるというのは僕たちの幻想だったかもしれないけれど、実際に屋上のドアを開けると、蒼白の空がそこかしこに垂れこめていた。

小説家　キム先生

小説家のキム先生に会ったのは二十四歳の冬頃だった。恵化洞ロータリーにあった小さな出版社に、僕と先生は同じ日に初出勤をした。当時大学を定年退職されたばかりのキム先生は、創刊を控えていた文芸誌の主幹を引き受けておられ、除隊後初めての職にありついた僕は、雑誌の編集実務をすることになった。

最初に僕の目に映った先生はこの上なく謹厳な方だった。先に会話を始めるということはなく、僕が何かを尋ねると短く、簡潔に答えてくださった。先生の慎重な口ぶりと低い声は、なにも間違っていなくても、僕をしょっちゅう気おくれさせた。そのうえ、先生の片方の目は深く冷たい青みを帯びていて、髪の毛ほどの黒くて長い眉毛と、その深く青い目の色が相まって、面と向かうことさえも、ずいぶんためらってしまうのだった。

そんな先生のことが少し気安く感じられるときがあった。二人だけで酒を飲むときだ。なにも話さなくても、グラスに酒を注ぎ、注がれ、乾杯をするだけで時間は過ぎていった。先生は僕が顔を横に向けて酒を飲むことを嫌がったが[*2]、問題は酒が回れば回るほど、習慣のせいで何度も顔を横に向けてしまうことだった。一度の酒の席で何度も同じ失敗が繰り返され、そのたびに先生は笑って「パク君、おかしな礼儀を守らないでスマートに飲みなさい」とおっしゃった。

話すより飲むことの方が多かった二人だけの酒席は毎日のように続いた。昼食の時に少しだけ、と飲み始めたのが夕方まで続くことも多く、雪が降る日には恵化洞から城北洞まで歩いて酒を飲んだ。夕方約束があり、時間の都合がつかない日には今は撤去された恵化高架道路の下の空き地の、アワビやナマコを刺身にして売る屋台で、お互い焼酎一本ずつだけ飲もうと約束して飲んだ。もちろん約束は守られないことの方が多かった。

休日にも先生はご自宅のあった舎堂《サダン》駅の近くに僕を呼び出し、僕もまた約束のない週末には「昨日は冬だったのに今日は春のようです。先生、いかがですか」とそっとメッセージを入れる日もあった。

四十歳以上の年の差があったが、先生とのやりとりは楽しかった。先生は主にご自身の幼年期や作家としてデビューした一九六〇年頃の戦後〔朝鮮戦争後〕の状況、そして亡くなった文人の裏話のようなことを話してくださった。そうしてご自身の話が少し長くなったかと思われると、話をやめて僕にあれこれ質問をした。

自分が話す時間と、相手の話を聞く時間がうまく混ざりあうと、いい対話が生まれるということをそのときキム先生から学んだ。先生の質問に合わせて僕は家族史や恋愛話、これから書きたい詩、好きな音楽や映画について話し、それよりもさらにたくさんの僕の幼さや未熟さのようなものを見せた。

キム先生のことがいっそう好きになったエピソードがある。当時その出版社は、ある食堂と昼食の契約をしていた。その食堂では食事のたびにイシモチやサバ、太刀魚やサワラのなどの魚をひと切れずつ出してくれていた。その頃入社したばかりの経理チームの社員はアレルギーがあって魚が食べられず、先生は魚が特に好きだった。先生は毎回その社員が手をつけない魚を代わりに召しあがったのだが、印象深かったのは召し上がる前に二回ぐらい「もしかして、これ、食べないのですか」と聞くことだった。
その社員が会社を辞めるまで、先生は一度も欠かさずその人の意思を確認してから、焼き魚がのった皿をご自身の前に持って来ていた。そうしてひとかけらも残さず実においしそうに召し上がっていた。なんとも些細なことであり、当然のことでもあるけれど僕は相手が誰であっても、丁重さと礼儀を失わない先生の態度が好きだった。

五年前の春、先生は亡くなられた。亡くなる三か月前、最後にお目にかかった時、先生は腰が痛いとおっしゃっていた。明日の朝、韓医院[*3]に行かなければ、と酒を少しだけ飲み、先に席を立たれたので、一緒に立って行ってタクシーを捕まえ、お気をつけてと言ったのが最後になった。

後から聞いたことだが、先生はよくならない腰痛のためにあちこち病院を移った末に、突然末期癌だと診断され、その後、家族以外には誰にも会わず、ひとり死に向かう準備をされていたという。

先生の弔問の席で僕はどうすればよいかわからなかった。遺族や弔問客の目に故人の孫ほどに見える若い僕がその場に居座って夜を明かすこともできず、だからといって寂しく、悲しい気持ちを置き去りにしたまま家に帰ることもできなかった。考えた末に、葬儀場のロビーに留まることにした。翌日の早朝、出棺を終えて碧蹄《ピョクチェ》に移動するまで僕はサヌルリム*4の〈アンニョン〉〔さよなら〕を聞いていた。

ずいぶん前に舎堂洞の刺身屋で好きな歌は何かという先生の問いに答えた歌。「さよなら、かわいい僕の友、遠くで船の汽笛が鳴ったら君が泣いてよ、誰にも知られず眠りについた夜にひとりで」で始まる歌。「さよなら僕の小さな愛、遠くで星が輝いたら君が話してよ、誰にも知られず泣きながら遠く遠くへ行ったよと」で終わる歌。

あの年　恵化洞

墨湖や統営《トンヨン》の春の旅路を思い浮かべたものの
発つことはできず　結局回基《フェギ》へと向かう道。
それさえもたどり着けずに恵化で引き返す道。
独りで歩く夜道。

音

音で始まるよりほかないこと、音で終わること、ジェスチャー、痰が絡むたび、心が貧しい国、頃、大病と大水、深い眠り、肌、続けて夢を見る、持つ、コートをもう一枚重ね着する、癖、身だしなみ、不安、夏の終わり、小川、ククス*5、おたがいの隣、凍てつく大地、ケイトウ、色、梅雨、壁、夜、カヤの木、高敞《コチャン》、海南、亀尾《クミ》、駅、れんが、残像、失くす、念押し、眠気、不器用、鍋、旅費、病、ラジオ、背中、撫でさする、旅館、暗い、文様、世の中の夕方、日なた、真夜中、歌手、女を避けて、歩いている人、流れ落ちる、カレンダー、紙、離れることが気になった、不吉だ、聞き慣れぬ声、灰色、末伏《マルボク》*6、父、易しい、帰ってこない、足場、絶壁、似ている、霧、合板、もち米、一日中、いつだと言ったかな、そっと顔を、野山、悲しみでもない悲しみ、目の中の目、ナズナらしいナズナ、ロープ、傾く、広がろうとして広がるのではないよう、ため息、階段、目が痛い夢、知らない名前、声にならない声、ふるる流れて、沈黙、初めて眺めたあなたの、のど。

関係

生きていくうえで僕たちが特に苦しめられる問題は人と人との間にある関係から始まることが多い。家族や友人、職場での生活から始まる関係による問題ももちろんだけれど、愛情と恋愛関係から問題が起こるとき、僕たちの心は一層ずきずきと痛む。

僕が相手を愛する気持ちより、相手が僕を愛する気持ちが小さい場合、僕たちは片思いという病にかかる。これは熱病だ。発病から完治まで僕の意志によってのみ始まり、終わる。ただ、片思いという感情は僕たちが幼い頃から何度も持ち続けてきたものだから、ある程度の経験を積めばこの感情をコントロールすることはそれほど難しくはない。

片思いよりももっと大きな問題は、僕が相手を愛する気持ちより、相手が僕を愛する気持ちのほうが大きい場合に起こる。こんなとき、僕たちの目に映る相手はとてつもなく重いものになってしまう。

半面、相手と僕の感情が同じくらい高まっているときには僕たちの関係は恋愛と愛の世界へと転換される。恋愛の世界、そして愛の世界で関係は慈愛に満ち、美しいものになる。しかし、不幸にも感情という不安定な地層の上に幾重にも重なっているこの世界は、それほど安定したものではなく、決して永遠のものでもない。そして僕たちはやがて関係の死を迎える。

僕は別れた恋人にメッセージを送ったり、夜遅い時間に電話をかけたりしたことがある。もちろん逆の場合もあった。こんな状況をいわゆる「未練」という言葉で片づけてしまいたくはない。ただ、関係がまだ死にきれていないからなのだと、こんな行動もまた関係をきれいに死なせるための過程だと思っている。

目をつむって僕がいちばん楽しかった頃を思い出そうとすると、そのとき僕の目の前にはこのうえなく美しかった恋人が笑顔を見せている。そしてその恋人の濁りのない瞳には僕の姿が微かに映っている。

もしかすると僕がいちばん恋しく思っているのは過去に愛した相手ではなく、

相手をひたむきに愛していたかつての僕の姿なのかもしれない。

返信

明日、朝の光が差し込んだら
僕にとっていちばん柔らかなものたちを
あなたに見せるつもりです。

ひとしきり眺めてから
きっちりとたたんでしまっても
すぐにまた広げてみたくなる
そんな思いがいくつもあればいいのですが。

愛の時代

平野

今からちょうど十年前の冬、『喪失の時代』[*7]（文学思想社、一九八九）を読んだ。僕はそのとき、広大な平野を持つ都市に滞在していた。本を読む時間より歩き回る時間のほうが長くなっていた。ファストフード店と病院があるターミナルのそばの八階建ての建物がその都市でいちばん高い建物だった。そして僕が泊まっていた小さな宿は、そのすぐ隣にあった。

都市のどこにいてもその八階建ての建物ははっきりよく見えた。足の向くまま知らない道を歩いていても宿に戻る道に迷う心配がないというのはよかった。問題はそれを信じすぎて遠くまで行ってしまい、毎度ぐったり疲れ果てて宿に戻らなければならないということだ。歩くのに何か特別なことがあるわけではないけれど、平野を歩くことは何かいつもとは少しちがった感覚を伴っていた。

僕が泊まっていた宿の入口には〝タルパン〟[*8]と大きく書かれた立て札があった。ひと月分の宿賃を先払いすれば半額以下にしてくれるようだった。僕はそのことを知っていたけれども、〝タルパン〟という名前が気に入って、その意味を尋ねてみることにした。暇そうにテレビばかり見ている宿の主人に、僕は「アルブミンのブリキ缶が部屋の灰皿がわりに置いてありましたが、もしかして肝臓がよくないのですか」と、健康について尋ねることをきっかけにした。それから〝タルパン〟について尋ねた。その中で一つ、印象深いエピソードがあった。

僕がその宿に泊まる少し前、ちょっとした騒動があったのだという。一人の若い女性が原稿を書くといって〝タルパン〟を借りた。若い女性が一人で長期宿泊するということが何となく引っかかったが、デリバリーで食事を頼み、何日かに一度はスーパーへ行くのを見て宿の主人は安心した。女性はひと月足らずの、二十四日目に荷物をまとめて宿を出た。

ところが女性は一人で部屋を出たのではなかったのだという。近くの部隊で軍隊生活を送っていた恋人と一緒だった。外泊許可をもらった恋人はどんな理由からかはわからないが、部隊に復帰せず、女性が借りてくれた宿の部屋に、二十四日の間籠っていたのだ。男性はやがて憲兵隊に出頭し、女性は故郷に帰っていったという。

僕は部屋に戻り、彼らが過ごした二十四日という時間について考えた。三日葬をするこの頃では人が八回死ぬのに十分な長い時間だった。最初の二、三日を思うと不安でいっぱいになる。続く四、五日ほどは若い恋人たちの仲睦まじい様子を思い、一週間を超えると、いつでもそばにあるものに対して、ときに僕たちが見せるおざなりな態度を思い浮かべた。炭火で焼いた肉が食べたくなり、白身魚の澄まし汁のことも思い浮かべた。

二週間ほど過ぎた時、彼らが籠っていた部屋は重力のない宇宙空間のように漂っていた。二十日が過ぎる頃、彼らには再び不安が訪れ、そこに倦怠感と嫌悪感のような感情が加わったのではないかと予想する。そして二十四日目を迎えた。彼らは部屋から出て、僕もその想像の道から歩いて出た。僕らはみんな疲れ果てていた。

誰かの下線

翌日僕はその都市にある唯一の書店に寄った。新しい本も売っていたが、それよりもビデオと本のレンタルに売り場を広く割いていた。僕はレンタルコーナーで今まで一度も読んでいなかった村上春樹の小説を選んでは戻す、ということを繰り返していた。

大学時代、ともに文学を学んでいた友人たちと酒を飲むと、ときどき春樹小説が話題になった。「三流恋愛小説だ」「軽すぎる」という評が多かった。そうして春樹小説を擁護する者が現れたりなんかすると、その日の酒の席は永遠のようにうんざりするほど長く続いた。もちろん小説を読んでいない僕は論争の端っこで、「この世の中に一流の恋愛なんてあるのかな」などと疑問に思いながら、あごが痛くなるまで剣先イカやゲソなどを嚙みしめ続けなければならなかった。

僕は書店のレンタルコーナーにあった春樹の小説の中から『喪失の時代』を抜き出して、レジに向かった。僕が十日ほど借りるつもりだと言うと店主はそれだったら買いなよ、と言った。多くの人の手に取られてきたから来週には新しい本が入って来るのだと言って、レンタル料だけ払ってくれれば、そのまま持っていっていいとのことだった。

部屋に戻って開いた本は思ったより汚れていた。コーヒーのシミのようなものがいくつもあり、下線や書きこみがある箇所がいくつもあった。僕は本を最初から読むかわりに、先にこの本を読んだ人たちが下線を引いたところから読み始めた。

音から生まれて死ぬ

「ある種の人々にとって愛というのはすごくささやかな、あるいは下らないところから始まるのよ。そこからじゃないと始まらないのよ」

〔村上春樹『ノルウェイの森』上　講談社文庫　二〇〇四〕

恋の始まりと終わりはいつだって明確ではない。恋愛が始まった最初の日を覚えておいて、百日、一周年、千日などを記念することはできるけれど、恋が始まったその日を記憶して記録することは簡単なことではない。恋愛の多くは、相手に対する愛情が本人も気づかないうちに芽生えた時に始まるものだから、いつだって恋愛の始まりは恋の始まりよりも少し後になる。

別れの場合、話はもっとややこしくなる。愛情は尽き果ててしまっているのに、別れられずに恋愛を続けることもよくあるし、逆に恋が終わっていないまま別れる人たちもたくさんいる。ただ、恋の始まりと終わりにはなにか兆しのようなものが感じられるのだけれど、それは小説の中の文章のように「すごくささやかな、あるいは下らないところから始まる」のだ。

僕の場合、それは音だった。はじける笑い声、低くつぶやくような相手の鼻歌、さらには乾いた咳をする音までもが甘く優しく感じられるとき、僕は自分が恋に落ちたことに気がつく。逆に相手の話し方の癖、歌う歌、食べ物を咀嚼する音が耳ざわりになってくると、僕はこの恋がやがて終わりを迎えるだろうということを直感する。

変化と気まぐれ

恋愛の世界では音の聞こえ方が違う。夕方が過ぎ、夕闇が迫る速さが違う。家に向かう夜道が違うし、夜更けに窓から忍びこんでくる空気の冷たさが違う。たしかにいつも一人で食べていたものなのに、またその食べ物を一人で食べなければならないときに感じる気持ちが違う。深い眠りについている相手を見つめる瞳に、薄い光が漂うとするならば、目覚めた相手を見つめるまなざしは、いつの間にか濃く潤んでいる。

このように、恋に落ちた人はたくさんの変化を体と心で経験しなければならない。だから、ともすれば恋に落ちた人が気まぐれになるのは当然のことなのだ。普段、嫉妬という感情に疎い恋人が、恋を始めてから、僕の過去の時間に対する嫉妬にさいなまれるのを、少し前に僕は辛い気持ちで見守らなければならなかった。

「たとえば今私があなたに向って苺のショート・ケーキが食べたいって言うわね、するとあなたは何もかも放りだして走ってそれを買いに行くのよ。そしてはあはあ言いながら帰ってきて『はいミドリ、苺のショート・ケーキだよ』ってさしだすでしょ、すると私は『ふん、こんなのもう食べたくなくなっちゃったわよ』って言ってそれを窓からぽいと放り投げるの。私が求めているのはそういうものなの」〔前掲書〕

実体

二年前、僕が好きな小説家の先輩を家に招待したことを思い出す。誕生日が近い僕たちが一緒にパーティーをしようと約束した日だった。僕は冷蔵庫いっぱいにピルスナーを入れておき、ごちそうの準備を手伝いに来た後輩はワインを買って、続いて先輩は日本酒を買ってきた。僕たちはその日、飲んではならない量の酒を飲んだ。野球と恋愛とキャンプなんかを話題に話し、文学の話などはしなかったと記憶している。

僕はパーティーの終わりのほうでうとうとしてしまったが、家に帰る先輩を見送るために目を覚ました。一緒に夜道を歩いて大通りに出た先輩がタクシーを捕まえながら、こんなことを言った。

「政治でも社会でも、誰かが独り占めにする構造からいつも問題が起こるよね？恋愛関係も同じだと思う」。その時の先輩の言葉を改めて考えながら、誰かが下線を引いた次の文をしばらくの間読んでいた。

> 「彼女の求めているのは僕の腕ではなく誰かの腕なのだ。彼女の求めているのは僕の温もりではなく誰かの温もりなのだ。僕が僕自身であることで、僕はなんだかうしろめたいような気持になった。」〔前掲書〕

相手が愛している人が僕ではなく、「誰か」になったかもしれないということ、あるいは今僕が受け取っている愛は、過去に「誰か」が受け取っていただとか、いつか他の「誰か」が受け取ることになるということ。恋をしている僕たちはこんなことからもたびたび傷つく。

けれど、一度よく考えてみればそれほど傷つくようなことでもない。僕らが本当に愛している対象は「誰か」ではなく、誰かを愛している自分自身の姿なのだから。

相手にとって唯一の存在になりたいという感情を「愛」と呼ぶこともできるけれど、僕が僕にとって唯一でありたいと思う感情を「愛」以外の言葉で呼ぶ術はない。

愛の真実

肉を食べない人と、生臭いものを食べられない人。食事の前に水を飲む人と、食後に水で口をゆすぐ人。B型肝炎の保菌者とB型肝炎の抗体がない人。大学を出た人と中学校を卒業していない人。評伝を読むのが好きな人とプレミアリーグの試合を必ず見る人。長い時間をかけてショッピングする人と狭い路地をゆっくり歩く人。ダムや堰《せき》によって水を溜めた川でウェイクボードをする人と、霧の晴れた川辺でノートを広げる人。家が貧しい人と心が貧しい人。愛を信じる人と人を信じる人。

僕とあなたがたがいに別の人間だということが、僕たちの愛を複雑にする。そのたくさんの〝違い〟を比べると同時に、その〝違い〟を耐えなければならないという点で、僕たちの愛には痛みが伴う。誰かを愛し始めたら、僕たちは普段自分にさえ見せたことのなかった胸の内と向き合うことになるのだが、それは多くの場合、古い傷や劣等感のようなものだということが僕たちの愛を寂しいものにする。

けれど僕とあなたが違わないなら、愛はそもそも存在すらしない。あなたの見た目、性格、声、育ってきた環境、あることについて抱えている思いが、僕と異なるというところから愛は生まれる。自分に似た水準、環境、考え方を持った人だけを探して、恋愛や結婚をしなければならないと信じている人を僕は肯定しない。

「人が人を本当に愛するということは、自我の重さに立ち向かうことであると同時に外の社会の重さに正面から立ち向かうことでもあります。そしてこのように言うことはまったく心の痛むことではありますが、誰もがその闘いから生き残れるわけではないのです」

——『喪失の時代』〝韓国語版のための作家の言葉〟より

愛に対する定義はあまりにも多様で、だからどれも間違っていたり正しかったりする。ただ、世の中のたくさんの人がたくさんの恋愛をしているということだけは、いつだって真実なのだ。僕に、そしてあなたに、今もまだこの世の中に対する愛情が残っているとすれば、その理由もまたそこにあるのだろう。

三部

春を迎えに

海南《ヘナム》、宝城《ポソン》、順天《スンチョン》、麗水《ヨス》、光陽《クァンヤン》、河東《ハドン》、南海《ナメ》、普州《チンジュ》、統営《トンヨン》、巨済《コジェ》、釜山《プサン》、済州《チェジュ》。

どこであれ、冬の終わりに南へと向かう旅のいちばんの醍醐味は、春を先取りすることができるということ。

言い方をかえれば、この季節の南への旅は春を迎えに行くことなのだ。じっとしていてもいずれやって来る春を、わざわざ遠出してこちらから迎えに行く必要があるのかと思うかもしれない。もちろんそれは間違いではない。

けれど、長い間遠く離れている恋しい人がいるとしたら、その人がもうすぐやって来ることがわかっていたとしても、空港やターミナルのようなところに僕らは迎えに行くではないか。

迎えに行ったら、首を思い切り伸ばして、視線を少しでも遠くまでやって相手を待つではないか。そうして、待ち焦がれていた相手と目が合ったら、笑って見せたりするではないか。今まさに春めきはじめた日差しのように、晴れやかに。

小さなこと　大きなこと

山頂を雲が覆うように、近ごろの僕はしょっちゅう手で自分の額を押さえてみたりしている。微熱の出る日もたまにある。ひとつ面白いことは、額に手が重なるときの感触は手のひらよりも、額の側からずっと強く伝わる、ということだ。手で鼻を触るとき、手で肩をつかむとき、あるいは手で膝を搔くときとは違って、額を覆いつつも、その感触はできるだけ額に譲るかのように。

これはおそらく古くからの習慣によってもたらされたものだろう。私たちの額にあてられてきた手の多くは自分の手ではなく、相手のやさしい手であり、反対に自分の手を額にあてるとき、その額は自分の額ではなく、愛情を注いでいる相手の額であることが多いからだ。

なにか大発見でもしたかのように言っているが、実のところ、これはごく小さなことなのだ。そしてきっと僕は、このようにささやかで小さなことが好きなのだろう。夜通し降りつづいた雪で山が真っ白に様変わりすること、愛する人と一緒に真っ白な山を眺めて感嘆すること、温かなお湯に凍えた足をひたすこと。大きく息を吸って、ありがとうやごめん、と言うこと……僕たちのそばにある小さなことはそのすべてを並べきれないほど、どこにでもあるものなのだ。

ところが、時としてこんな小さなことが、僕たちのそばから離れていく。長い時間をかけて育った木が突然切られること、土地が家を失い、家が人を失っていくこと、自由に流れていた川の水がせき止められること。人間の労働が労働として正当に扱われないこと。誰かの死が哀悼されないこと……

小さなことは小さなままにしておくべきなのだ、きっと。そうしておかなければとんでもない大きなことが起きるからだ。三月も過ぎてしまった今、誰かにとっては小さなことのように、けれどもまた別の誰かにとっては大きなことのように、四月がやって来る。

ふたたび去りゆく花

四月、西風が吹いてくると、梅の木の白い花のいくつかは風に乗って飛んでゆき、見知らぬ人の足元に落ちることでしょう。けれどももうこんなことは悲しくなくなりました。

あの年　幸信《ヘンシン》

人に憎まれ。
時間《とき》に許されていた。

ふさわしい季節

数年前の春のことだ。とにかく南へと向かわなければと思っていた。長い冬が終わったといううれしさがあり、長い間勤めた職場を辞めたばかりの頃だったので、なにかぽっかりと穴があいたようでもあり、また途方に暮れるような気持ちも幾分あった。

早朝、車を走らせて高速道路に乗った。大田《テジョン》を過ぎて咸陽《ハミャン》あたりまで行っただろうか。空気を入れ替えるために窓を開けると、僕があとにしてきたソウルとは空気からして違うものが感じられた。気分のせいか、あるいは温度や湿度のせいか、正確な理由を知る術はないけれど、紛れもない春の匂いが鮮やかに漂ってくるのだった。新米をひたした水のようにほんのりと甘い香りがし、眠っている子どもの額にかいた汗のように酸っぱいような、それでいて長い間熟成させた洋酒を初めて開けたときに広がるような香ばしい匂い。言葉ではとうてい表現しきれないほどの。もしも僕が調香師だったら、春の匂いを模した香水を作るだろう。

午前中に南海のとある町に着いた僕は、海の青と空の青を交互に目に焼きつけた。ずいぶん時間が経って、ようやく空腹を感じたわけだが、残念ながらそのあたりで朝食を食べさせてくれる食堂は一つもなかった。旬の刺身の食材、〝メイタガレイ〟や〝鯛〟などと大きく書かれて貼ってある刺身店ばかりが目につく。けれど午前中からやっている店はなく、たとえやっていたとしても、一人で店に入る勇気はなかった。

インターネットで検索してみると、車でもう少し行けばミョルチサムパプで有名な店があった。ヤンニョムジャン〔薬味〕と一緒にじっくりと煮つけたイワシ〔ミョルチ〕をいろいろな葉野菜で包んで食べるサムパプ。僕も二度ほど食べたことがあったが、そのたびイワシはこんなにも大きくてうまい魚だったんだなあ、と驚いたものだった。問題はその店もやはりまだやっていない時間で、そのうえ一人前は受けつけてくれないということだった。

結局、思いついたことは学校の近くに行ってみよう、ということだった。学校の周辺にはかならず粉食店《ブンシク》*1があるし、粉食店なら朝からやっているところもままあるからだ。僕の学生時代を思い出してみても、学校のそばの粉食店では、朝ご飯を食べずに家を出た子どもたちが、海苔巻きやラーメンを食べていることがよくあった。カーナビでいちばん近くの学校を探して行った。そこは女子中学校で、学校のそばには僕の思った通り粉食店が一軒あった。

木の引き戸を開けて、粉食店に入った。もじゃもじゃの髭を生やした中年の男性と、体が不自由そうな中年の女性が僕をじっと見た。「今、食事できますか」と尋ねると、二人は同時に「はい」と答えた。男性はきっぱりとした口調で、女性はつっかえるような口調で。僕はメニューをしばらく眺めてから、キムチチゲを一つ注文した。

女性は脳卒中の後遺症があるようだった。体の半分は春のようで、残りの半分は冬のようだった。つっかえながら男性にあれやこれやと言い、男性は彼女の言うことにきちんと従っていた。僕のテーブルからは向かいにある厨房が丸見えだったが、男性は女性の言うとおりに鍋を火にかけ、スープを注ぎ、豚肉とキムチを入れた。

言い争いが始まったのはその時だ。化学調味料を入れないでという女性の意見と化学調味料を入れないとおいしくないという男性の意見が真っ二つに割れたのだ。二人の声はだんだん大きくなっていった。

ちらちらと厨房を見ていた僕はいたたまれなくなって、粉食店の壁いっぱいに書かれている学生たちの落書きの方に目を向けた。アイドルグループのメンバーの名前の後にハートが書かれているものや、仲の良い友達の名前に、愛してる、とか、ずっと一緒だよ、という言葉を添えた落書きがほとんどだった。〝恋人募集〟という茶目っ気のある落書きもあった。

そうこうしているうちにキムチチゲができあがった。少し不安な気持ちで最初のひと口をすくってみたが、驚くほどにうまかった。化学調味料の味がしなかったことから、結局男性は女性の言うことを聞いたようだった。しばらく食べ続けていてふと顔を上げると、僕がチゲをどんなふうに食べているのか気がかりな様子で、今度は彼らが僕のことをちらちらと見ていた。

僕はまたうつむいて料理を食べることに熱中した。ひと息にチゲを食べてしまった。その様子を見て、ようやく彼らも安心したようだった。僕はティッシュで口を拭き、学生たちの落書きでいっぱいの壁に〝春こそ誰かのまなざしがふさわしい季節〟と小さく書いてそこを出た。

日常の空間、旅の時間

その年の夏、僕は全羅南道《チョルラナムド》の小さな村に滞在していた。僕はそこで、目標にしていた分量を書くまでは家に帰らないと心に決めていた。

旅に出たからといって、普段から書けない文章がにわかに書けるようになるというものではなかった。それに僕はそこで文章を書くことに没頭するかわりに、慣れない環境にピリピリしつつ、それに慣れるのに必死だった。また、そこで出会った新しいものの中から僕が好きになれそうなものを見つけ出し、嫌いなもののことはできるだけ考えないように努力することにほとんどの時間を費やしていたのだった。

僕はそこで、おかずを九品もサービスしてくれる市外バスターミナルそばの食堂と、その食堂のおばあさんが好きだった。サイダーのボタンを押してもコーラが出てくるケヤキの下にある自販機が好きで、そのすぐ横にある、二百ウォンの普通のコーヒーと三百ウォンの高級コーヒーの味がまったく違わないコーヒーの自販機も好きだった。

その一方で、数日分たまったツケを払うときに、かならず二、三千ウォンほどごまかす、中年の男が嫌いだった。一日中白い犬をつなぎっぱなしにしておくくせに、水入れをしょっちゅう空にしたままにする、ケヤキの隣のカーセンターの社長が嫌いだった。彼はだいたい建物の中にいて、カーセンターに入ってくる車を見た白い犬が吠えると外に出てきたりしたが、飼い犬はもちろんのこと、同業者に対する礼儀もない人だった。

僕はそこにいる間、とにかくよく歩いた。食後に歩くこともあれば、食事をせずに歩くこともあった。日差しを浴びながら歩き、雨が降る日も歩いた。歩いているときだけは将来に対する漠然とした不安や、書くことへの恐怖、僕が自分で立てた目標に対して感じているプレッシャーのようなものを少しだけ忘れることができてよかった。そのかわり、足が痛い、喉が渇いた、柳の樹皮の色がずいぶん濃い、と見たまま感じたまま考えをめぐらしたり、ずいぶん前に誰かに話したくだらないことについて繰り返し考えたり、会いたい人を二人ぐらい思い浮かべたりなんかもした。

旅を終えて帰る日、僕が最初に覚悟しておいた一冊分の原稿を書くどころか、取りとめのないアイデアをいくつかメモしただけで、これといった成果をあげることなくソウルに向かわなければならなかった。ただ、変わったことがあるとすれば、客地でしかなかったそこの風景と人々が、このうえなくなじみ深く親しいものになったということ、顔と首がずいぶん日焼けしたということ、そして、飽き飽きして退屈なばかりだった僕の人生の日常とその空間が少しだけ愛おしいものに思えたということだった。

日常の空間はどこへでも行くことができる出発点になり、旅の時間は僕たちが過ごしてきた日常を、なによりも輝きあるものへと戻してくれる。旅立つからこそ帰ることもできるのだ。

広場のひととき

誰かに出会い、愛し合うようになると僕たちはその人のことがわかるようになる。けれど、その人のことがすべてわかったと思った瞬間、何かわからないところが現れる。

これは当然のことだ。僕の世界の中で、相手が少しずつ大きく育ちつつあるということなのだ。いや、これは僕が相手の世界のもっと深い方へと歩んできたということなのだ。

ひと間、ふた部屋、半地下、屋上部屋[*2]、あるいは何坪などと言いながら僕たちの心を限りなく狭める現実世界での空間の数え方とは違い、愛の世界における空間はいつだって広場のように悠々としている。

この広場で僕たちは出会い、道に迷い、また出会い、別れる。

劇薬と劇毒

食べ物に向き合うことが、まるで人に会うことのように感じられたりする。僕の長年の癖の一つは、一度行った食堂が気に入ったら、何度もそこに行って同じメニューを食べる、というものだ。これは新たに人間関係を広げるということの前で、いつも腰が引けてしまう僕の性格に通じている。

もちろん、望もうが望むまいが、新たに誰かと会わなければならないことが頻繁にあるように、見慣れぬ食べ物に接することも多い。誰かと初めて会って挨拶を交わすとき、決まって故郷と、今住んでいるところの話になるように、僕はある食べ物に初めて接するとき、産地を確認し、流通経路について考える癖がある。それだけではない。お互いに話しながら相手を知っていくように、食べ物の味はもちろん、形と質感、調理法を熱心に調べる。こんな過程を経て、いつの間にかその食べ物が少し近くに感じられるようになる。

しかし、あわただしく暮らしていると、食べること自体にそれほど気を配っていられないことが多い。時計とにらめっこでファストフードをあたふたと食べなければならないとき、昼食に麺を食べたのに、ラーメンで夕食を間に合わせる羽目になったとき、あるいは、たまたま昼間から肉を食べ、さらに夜の会食の場所がカルビ店に決まったとき、僕たちはやるせなくなり、悲しくなり、胃も重たくなってくる。まるで仕事を通して知り合った数多くの人たちと機械的に会っては別れることのように。

　数年前の冬、友人たちと済州旅行をした。職場で出会い、考え方や価値観が似ていたので、すぐに親しくなった友人たちだった。僕はまるでガイドになったかのように、食事のたびに済州市内の鰆《さわら》の刺身店、東門《トンムン》市場のスンデ屋、摹《モ》瑟《スル》浦《ポ》のブリの刺身屋、城山《ソンサン》の貝のお粥屋のような、僕が今までに何度も行ったことのある済州の食堂に友人たちを案内した。

　そうこうする間に、漢拏山《ハルラサン》に大雪が降った。僕たちは雪を見に、カヤノキが群生する中山間部〔海岸地域と山地をつなぐ中間地域〕の森に行った。雪で覆われたカヤノキの森は、想像した通りに美しく、その森を歩くことは思ったよりも楽しかった。少し休憩する間、魔法瓶に入れたお湯でコーヒーを淹れて飲むことにした。コーヒーをドリップしていた僕の目に入ってきたものが一つあった。初めて見る赤い実だった。ユスラウメのようでもあり、ザクロの実のようでもあったが、白い雪の上にたたずむ姿がなんとも美しかった。僕はその実を拾い、考えるよりも先に口へと運んだ。

実を噛むと、果汁がはじけ、と同時に僕の悲鳴もはじけた。味わう暇もなく、ヒリヒリと辛く、熱くてチクチクする感覚が口全体をかけめぐる。すぐに口の中にあった実を全部吐き出したが、痛みは簡単には消えなかった。それどころか、だんだんひどくなっていった。友人たちはあっという間の出来事に仰天しながらもすぐに病院に行かなくちゃと言って、僕が食べた実の写真を何枚か撮った。

山を下りる途中、友人の一人がインターネットで検索して、僕が食べた実の正体を調べてくれた。天南星《チョンナムソン》という植物の実だと言う。強いアルカリ性で毒性があり、朝鮮時代には賜薬《サヤク》の主材料として使われた、とも言った。幸いなことは実を飲み込まずに吐き出したことで、不幸なことは僕の唇と舌がみるみる腫れあがり始めたということだった。山を下りてから口を何度もゆすいでようやく痛みが少し収まったようだった。

　その夜、口の中はすっかりただれたままだったが、僕は昼に食べた実についてさらに調べた。友人の言葉どおり、僕が食べた天南星は附子《ぶす》という植物とともに賜薬の主材料として使われていた。ドラマのワンシーンでよく見るのとは違い、賜薬は飲んだとたんに血を吐いて死に至るものではない。飲んでから胃腸で賜薬が吸収されるまで、ある程度、苦悶の時間が伴う。悲運の人生の果てに、江原道寧越《ヨンウォル》郡清冷浦《チョンニョンポ》で死を迎えた端宗《タンジョン》*3は、賜薬を飲んだ後、薬が早くまわるように、火を焚いて暖かくした部屋に入った。もう一つ、僕たちがあまりよく知らないことは、賜薬《サヤク》〔ハングル表記：사약〕という言葉の意味だ。この場合の사《サ》は、死を意味する사《サ》ではなく、賜るという意味の사《サ》を使う。言葉どおり王が下賜する薬という意味だ。肉体を損壊する凌遅処斬《ヌンジチョチャム》*4や、斬首刑に比べればまだいくらかは寛大である、という意味だったのだろうか。

　驚くべきことは、この天南星という植物は、小陰体質の人には薬として処方されるということだ。昔から喘息、中風、破傷風、関節炎に広く使われてきたという。もちろん、韓医学で包除《ほうじょ》と呼ばれる、自然から採取された生薬を加工して処方材料にする過程を経た後のことだ。

劇薬すなわち劇毒、劇毒もまたすなわち劇薬という言葉は、単なるレトリックではなかったのだ。実際に僕たちが体に取り入れるものは、薬にもなれば、毒にもなりうるということなのだ。そしてもちろん、僕たちが心の中に招き入れる人びと、そして彼らとの関係もまた、よく似ているのだろう。

初恋

日差しが長く伸びる午後でも店の中をうかがうことができないスミルウォン花店。

顔に大きな火傷の痕のあった店のおじさんは、近所のお兄ちゃんたちが言うように夜になると一人で歩いている子どもの口を盆栽ばさみで切り裂くに違いない。

おつかいの買い物袋を持って花屋の前をしゃにむに駆けぬけなければならなかった日々はもうとうに過ぎて。

ずいぶん昔、あの道で落とした小銭を探すふりをしながら、スミルウォンの前を行きつ戻りつ、やがて君の前歯のようなカスミソウの花束を持って店から出ると、口も裂けんばかりに笑っていたあの日々。

春、そのものだった。

傘と雨

　梅雨が明けたという天気予報を聞いて、初夏の頃からずっと鞄に入れたままだった小さな傘を家に置いて出かけた。街の郵便局まで行き、家の近くまで戻っていくつかの用を済ませて帰る途中で、見事に雨に降られた。

　こんなちょっとした不運ぐらいは、もはや僕の生活の一部だという気もして、何かに乗るにも中途半端な距離なので、結局歩くことにした。

　雨足は思ったより激しくなってきた。いや、この世の終わりのように降った。最初はなるべく雨に濡れないようにビニール素材の鞄を頭の上に載せてみたり、道端に何かかぶれそうなものはないかとあたりをきょろきょろ見回したりもした。

　しかしあっという間に僕の体はこれ以上濡れるところがないほどずぶ濡れになり、僕は雨を避けることを考えるのはやめて、とにかく歩くことにした。悩む必要もないほど濡れてしまったことで、かえってすっきりした。

その頃、僕にはどんなに心を砕いても、うまく解決できない問題がひとつあった。その問題が最高にうまく解決した場合と最悪の場合との間で悩み続けていた。

やがて僕はベストの場合を頭の中から消し去って、最悪な場合だけを考えてみることにした。ずいぶん長い間そうしていると、それが必ずしも最悪というわけでもないような気がした。

雨の中を歩いているうちに、傘を持ってこなかったことへの後悔ともうまく折り合いがついた。どちらにしても傘でどうにかなる雨ではなかったのだから。雨はよりいっそう激しく降ったが、しきりに笑いがこみあげてくるのだった。

寺

仏教文化について書いてほしいという依頼を受けて、全国各地の寺を巡ったことがある。大きくて有名な寺を巡り、貴重な仏像や仏画、篆刻《てんこく》や精進料理に親しんだ。

けれど、いちばん印象深く残っているところは、とりわけ老僧がたくさんいる慶尚道《キョンサンド》の山里のとある小さな寺だった。法衣を着ていない僧侶もいて、早朝の勤行《ごんぎょう》に出席しない僧侶もいた。その寺の住職に老僧たちの日課について尋ねると、意外な答えが返ってきた。勤行、座禅、読経のような日課は、すべて自由に行うというのだ。

腹が減ったら食べ、疲れたら横になり、眠気がやってきたら無理に振り払わず、眠る。ひょっとするとこれこそが、人間が成し遂げられる解脱に最も近いのかもしれないと思った。少なくとも、そんなふうに我慢をしなければ、それほど強く欲することもせずに済むだろうから。

せっかくの休日、今日はたっぷり朝寝をして、空腹を感じたらすぐに冷蔵庫のおかずを温めて食べた。そして、会いたい人に久しぶりに連絡をしよう。この頃は朝夕の風が冷たくなったから、あの山寺にも色鮮やかな彼岸花が見事に咲いているだろう。

趣向の誕生

考えてみると、僕は環境が変わることにひどく敏感だった。季節が変わり、時が流れても、家具の模様替えをするようなことはまずないし、アパートの駐車場でも、毎夕必ず同じところに車を停めないと落ち着かない。

大学時代、長期休暇になると友人たちは交換留学だ、語学研修だという名目で遠くへ出かけて行ったが、僕はいつも空き教室と、閑散としている図書館と、学校の前にある飲み屋に居つづけた。

中学、高校に通っていた頃から、新学期になると必ず口数の少ない消極的な子どもになり、さらに時をさかのぼれば、母と離れるのが怖くて幼稚園の前にも行けなかった子どもがまさに僕なのだった。

先にも書いたが、ひどく人見知りする性格のせいで、繁華街にあった塾や、テコンドー道場のようなところに通うことのできなかった幼い頃の僕がなによりも楽しんでいたことは、窓の外に見える山の峰々を眺めることだった。当時僕が住んでいた家は北漢山《プッカンサン》のちょうど麓にあり、部屋からでもチョクトゥリ峰《ボン》や、遠くの碑峰《ピボン》、香炉峰《ヒャンノボン》を見渡すことができたのだった。

机に座り、白く広い岸壁を長い間眺めていると、それがまるで画用紙のようでもあり、黒板のようでもあって、僕は目で絵を描いたり、片思いしていた女の子の名前を書いては消したりすることができた。

少し時が過ぎて、高校生になってからは、岸壁ではなくノートに文章を書き始めた。最初は日記と手紙のような形式を取っていたが、後に散文と詩に変わった。自然と僕の進路もまた、〝文章〟に関わるものでなければと考えるようになった。

文学を学ぶために入った大学には、幸いなことに僕のような学生がたくさんいた。僕たちは毎日毎日、李晟馥《イソンボク》*5や奇亨度《キヒョンド》*6のような詩人たちの話を肴に焼酎を飲んだ。情熱と若さに満ちあふれてはいたが、とにかく青臭いことを話していた日々だった。後輩たちに「文学っていうのはだな……」「人生とはな……」などと、低い声で話を切り出し、みんなそれぞれに恥ずかしい語録を作っていたのもこの頃だった。

軍隊から戻った後、友人たちは一人ずつ去っていった。ある者は編入のための予備校へ、またある者はインターン社員として、また別の友人はTOEICの学校へと去っていった。もちろん僕は一度もその友人たちを恨んだり、裏切り者だと思ったりしたことはない。いや、むしろ羨ましく思った。冒険を嫌う性格上、僕はこれまでやってきた詩作をやめて、人生設計を新たにする勇気がなかっただけなのだ。またひとりになったが、ひとりで何かをすることには慣れていた。それだけが慰めだった。

数年が過ぎて、僕はずっと愛読していた文芸誌からデビューした。もちろんデビューしたからといって何かが大きく変わることはなかったが、小さな部屋で書いて読んでいた詩を、誌面を通じて読者に見せられるということが何よりもうれしかった。

三十歳を少し過ぎた今だからこそ思うことだが、今のような世の中に、二十代という時間をすっかり捧げるということがどれほどの大きな冒険だったことか、そして僕がこれから「詩人」という肩書とともに生きていかなければならない人生が、どれほど苦難に満ちていることか、当時はまったく知るよしもなかった。

多くの人は、〝詩人〟に会うと、最初に漠然とした好奇心を見せるだけで、その好奇心がなくなってしまえば忘れてしまうのが普通だ。だからといって、僕が〝詩人〟であることをまるでなにか高い役職や地位についたかのように考えているわけではない。

最近の文化体育観光部の調査によれば、文人が芸術活動によって得る平均年俸は二一四万ウォン〔約二十万円〕だという。もちろん文人というのは、現実的な欲望を美的で文学的な欲望に変えて幸福を得ることのできる人たちである。

詩がお金にならないように、詩人もまた職業にはなりえないのだから、僕の職業はこれまでに頻繁に変わった。二年近く梧柳《オリュ》洞のスーパーで配達をし、江《カン》西《ソ》区の青果市場でフォークリフトに乗り、校正原稿とともに目を覚まし、校正原稿の上につっぷして眠らなければならない出版社の編集の仕事もした。観覧客たちがそれほどやってこない文学博物館でキュレーターの仕事をし、虚しい時間を過ごしたこともあったし、かなりの好条件で広報職の公務員生活を送ったこともあった。

不思議なのは、不慣れな新しい環境を嫌う僕が、職場を移るときだけは大きなストレスを感じないということだった。いや、もっと正確に言えば、問題なく勤めていた職場を突然辞めて、人生を一瞬にしてひっくり返していたのだ。そんなふうに仕事を辞めると、僕は決まって本とノートパソコンを持って旅に出た。

きわめて大人しく、冒険を嫌がる僕の性格を変えたのは、まさに旅である。もちろん、最初の僕の旅のスケジュールは僕の性格そのままだった。二十歳を過ぎたばかりの頃の旅は加平《カピョン》、楊平《ヤンピョン》、清平《チョンピョン》〔すべて京畿道〕、それで全部だった。それでも「大成里《テソンニ》〔京畿道〕と江村《カンチョン》〔江原道〕は見るべきものがない」などと意気揚々としていたのだった。

除隊後復学し、年数の経った中古車を一台購入してからは、安眠島《アンミョンド》〔忠清南《チュンチョンナム》道《ド》〕に車で通った。よく知られているコッチ海水浴場と傍浦《バンポ》海水浴場はもちろん、あまり人がいないトゥエギ海水浴場まで……行くと必ず同じ宿に泊まり、行ったことのある食堂でだけ食事をし、同じ道を走って家に帰った。知らない場所でわざわざ〝知っている〟ことを探す、そんな心情を楽しんでいた頃だった。

だが、次第に旅への新しい趣向が生まれ始めた。僕の新しい趣向は主に食べ物に関することだった。蟾津江《ソムジンガン》に春が来ると、河東のシジミ汁とスイカの匂いがほのかに漂う求礼《クレ》〔全羅南道〕の鮎を楽しんだ。夏の新安《シナン》〔全羅南道〕のニベと黒山島《フクサンド》〔全羅南道〕のエイ、秋には浦項《ポハン》のクァメギ〔サンマやニシンの干物〕と、舒川《ソチョン》のカラアカシタビラメを楽しんだ。冬の寧越《ヨンウォル》〔江原道〕のチョウセンヤナギアザミと水安堡《スアンボ》〔忠清北道〕のキジ肉と西帰浦《ソギポ》のブリも外すことはできない。このような味覚が生まれていなければ僕は多くの旅をする動機を得られなかっただろう。

味覚の次に生まれた趣向は視覚だ。春を迎えた統営〔慶尚南道〕の長蛇島《チャンサド》の椿、高城《コソン》〔江原道〕の花津浦《ファジンポ》の夏、そして秋の済州のカヤの群生林と龍頭海岸、冬の鉄原《チョロン》〔江原道〕の孤石亭《コソクチョン》をはじめとする津々浦々をどの季節と時間に訪れれば仙境《ヨンモリ》が目の前に広がるのかを僕は幾度かの試行錯誤を経て身をもって知っていった。

味覚と視覚の次に生まれた趣向があるとすれば、それは人に関することだ。簡単に要約すると、うまい酒のつまみが豊富な東海《トンヘ》〔日本海〕は友人と行くのにちょうどよく、僕が住んでいる一山《イルサン》〔京畿道〕の家からも比較的近い西海《ソヘ》〔黄海〕は両親と、そして風と日差しが心地よい南海と済州は愛する人と行くのに適しているところなのだ。僕は特に南海の中でも統営を愛していた。統営の旅を終えると必ず詩を書いたものだったが、次の詩もそのうちの一編だ。

美人は統営に行くなり
髪形を変えた

耳元に沿って流れる髪が
美人の唇に触れて落ちる

素振りは見せなかったが
僕は久しぶりに椿を見た

美人は初めて椿を見るようだった
「ここで一年ぐらい暮らそうか」
崖から海を見ていた美人の言葉を
僕は「ここは東洋のナポリなんだって」という
つまらない言葉で受け止めた

吹く風が
美人の澄んだ目に沁みた

統営の絶壁は
山の遺影と
よく似ている

美人が絶壁の方へ
一歩、進みながら
しっかり僕の手を握り

僕は一歩　後ずさりながら
美人の手を　しっかり握った

絶頂にとどめた激情を
たがいにゆだねあった時が
僕たちにもあった

「激情」全文

統営を愛したのは僕だけではなかった。僕と心から思いあった一時期を過ごした恋人も統営を愛した。詩人白石《ペクソク》*7と都《ト》鍾煥《ジョンファン》*8と青馬《チョンマ》・柳《ユ》致《チ》環《ファン》*9も統営を愛した。

そして僕の知らないこの世のたくさんの美人たちが統営を愛したことだろう。
白石は「まどろんでいても起き出して　海に行きたくなるところ」*10と語り、都鍾煥は「島と島の間にまた島がある　ことさらに寂しいと語りかけてくる島はなかった」〔詩「統営」の一節〕と語った。統営で生まれ育った青馬・柳致環の愛の物語もまた僕たちを楽しませてくれる。

一九四七年、三十九歳の柳致環は、統営女子中学校に赴任したばかりの一人の教師に夢中になり、一日も欠かすことなく郵便局に立ち寄っては手紙を送った。一九六七年、事故でこの世を去るまでの二十年間に彼が送った手紙は約五千通に達した。

当時、現実的な制約の数々に縛られていた柳致環ができた最も積極的な告白こそが手紙だった。そのたくさんの手紙を受け取った主人公はまさに時調《シジョ》詩人、李永道《イヨンド》*11であり、柳致環がこの世を去った後、彼女はそれまでに受け取った手紙を『愛していたので幸せでした』という本にまとめて出版している。

統営の話からカレイとヨモギのスープが抜けていると、やはり物足りない。春が旬のカレイとヨモギのスープは、米のとぎ汁によく肥ったカレイを入れ、味噌と塩だけで味を付けて煮る。ヨモギはカレイに完全に火が通ってから入れなければならない。早く入れてしまうと香りが飛び、食感も硬くなってしまうからだ。澄んだスープや汁よりも、赤いチゲを好み、特にヨモギが苦手な僕が、カレイとヨモギのスープを味わうのは、すっきりした味とともになにかタブーを破る快感をおぼえるからだ。とりわけ生臭いものが食べられなかった当時の恋人も、カレイとヨモギのスープだけは器を空にして、照れくさそうに僕に笑ってみせた。

春が来ると僕は病気になるだろう。やりかけの仕事を放り出して統営に行こうとする病気。厳密に言えば、病気も僕の人生の趣向と言えるかもしれない。けれど、必ずしも統営でなくても、僕には一度旅したところを再び訪れる癖がある。どんなにがっかりしたところであってもそうだ。犯人は再び現場に現れるという言葉を思い出してもかまわないし、あいかわらずの小心さが作り出した旅立ちなのだと言ってもいいだろう。

再び訪れた旅先にいる間、僕は一種の安堵を感じている。この安堵感というものはなぜか今度が最後になるかもしれないと不安に思っていた自分に、そんなことはなかったのだと断言してやれるところから来ている。あるいは再び訪れることができたのだから、今回が最後になったとしてもそれほど残念でもないだろう、という思いもある。「旅」という言葉を消して、そこに「出会い」や「恋愛」という言葉を入れてももちろん意味は通じる。

あの年　三陟《サムチョク》

塩気を多く含んだ風は食堂の色あせた看板を変えてしまったりもします。ずいぶん前に〝イモネ食堂〟[*12]は〝モネ食堂〟になりました。クサウオのスープの味付けは少しだけしょっぱくなりましたが、今でも睡蓮のような色とりどりの薬味がたくさん浮かんでいることや、一年草が枯れた場所に同じ一年草が育っていること、昨日あったところに今日の光がやって来て照らしていることを思えば、そんなことはたいしたことではないのでした。

四部

仕事と貧しさ

最近は働きすぎだ。今日一日だけでも二冊の本について書評を書き、雑誌に載せるインタビュー原稿も書いた。午後は西大門《ソデムン》にある出版社に立ち寄って、校閲しなければならない原稿の束をしこたま抱えて帰ってきた。週末にはオンボロ車を運転して慶尚南道にある古い寺を取材しに行かなければならない。結構な収入になる仕事もあるし、お金のことを考えたら引き受けていなかっただろう仕事もある。

僕はどうして断ることもできずに、こんなにも仕事を引き受けてしまったのだろうか、と考えているうち、それはたぶん僕が貧乏性だからだろうという気がしてきた。そう思うと、どんどん憂鬱になっていった。貧しさそのものより、貧しさから遠ざかろうとする欲望が人生をいつだって居心地の悪いものにしているということを知っているからだろうか。

昼間、うたた寝の夢の中に君が見えた。うれしくて今も心の中で喜んでいる。
そして今もまだ申し訳なく思っている。

不親切な労働

父は生涯を労働者として生きてきた。朝鮮戦争のさなか、ソウルの鍾路で生まれた父の最初の労働は、殺鼠剤を食べて死んだ犬の死体を見つけて町内の大人のところに持っていくことだった。大人たちは死んだ犬をさばいて内臓を捨て、肉を何度も水で洗ってから茹でて食べた。野生の動物もいないし、かといって家畜を飼うでもないソウル市の中心部で、貧しい人びとが肉を食べることができるほとんど唯一の方法だった。大きな犬の死体を見つけた日は、父はいつもよりいくらか多くのお金をもらった。

それとは別に、東大門《トンデムン》や、清涼里《チョンニャンニ》、遠くは倉洞《チャンドン》まで、同じ町の子どもたちと一緒に屑を拾って歩いていた。更地のようなところで、縦一列になって進みながら金属やガラスなどを拾うのだが、力の強い者から順に列が決まっていたので、前に並んでいる子どもが大きな屑を拾う一方で、後の方の子どもたちはがらくたを拾うか、そんなものすら拾えないことが多かった。

一九六五年、父はメリヤス工場に就職して十年以上働く。普段は二交替で勤務し、仕事が減る端午（旧暦六月五日）の頃から秋まで、無給休暇を取らされる工場だった。全泰壱《チョンテイル》烈士[*1]が、近くの平和市場にやって来たのがその頃だったから、あえて父から詳しい話を聞かなくても、当時のそこの労働環境について推測することは難しくはなかった。

三十歳頃から、区庁の技能職公務員として働いていた父の暮らしについて、少し詳しく話したい。父は、収集員が町内の路地をリヤカーを引いて集めた生活ごみをトラックに載せ、蘭芝島《ナンジ》の埋め立て地を行き来していた。その頃は、僕もよくついて行った。

幼い目から見た蘭芝島は砂漠のようだった。砂丘のような大きなごみの山が、一日にいくつもできては消えた。だだっ広くて殺風景な蘭芝島の風景よりも、もっと鮮明な記憶として残っているのは、そこを生活の拠点として暮らしていた屑拾いの人たちだった。

屑拾いの人たちは蘭芝島の入口で呼び込みでもするかのようにして、父のトラックを止めた。すでに大きなごみの山になってしまっているそこを歩かずにトラックに乗って上って行くためだ。日が暮れる頃、彼らはもう一度父のトラックに乗って坂道を下りてきた。

僕が父について行った日は、彼らは昼間にごみの山から掘り出したおもちゃのロボットのようなものを僕の手に握らせてくれたものだ。どれも片方の腕や足が取れてしまっていた。あるときなどは、片方の目がないぬいぐるみを手渡されたこともあった。それを見た父は、小さなボタンでなくなった方の目を作ってくれた。

二〇〇二年には僕は大学生になり、蘭芝島は自然公園となって、屑拾いの人たちが暮らしていた上岩洞《サンアムドン》にはワールドカップ競技場が建設された。そして父はあいかわらず労働していた。その頃僕は、幼い頃見ていた蘭芝島の風景を探してみようと関連資料を集め始めていた。

一九七八年にできた蘭芝島埋め立て地は一九九二年に永久閉鎖された。九十万坪の敷地のうち、実際にごみを埋め立てることができた面積は五十五万坪ほどだった。これらは再度、ソウル市内の各区庁がごみを捨てる二十万坪の土地と、清掃代行業者の車両がごみを捨てる三十五万坪に分割される。再建隊員と呼ばれたりもしていた屑拾いの人たちは、三千人以上にまで膨れあがった。さまざまな利権が介入し、屑を拾うのにも権利金が発生したが、江南区《カンナム》、鍾路区のような上流層が主に住んでいる町では、権利金も相場の倍ほど高かったという。

高校三年、大学入試を翌日に控えた日、父は普段あまり入ることのない僕の部屋に入ってきた。そして、僕に試験を受けるなと言った。明日試験を受けたら大学に行くことになるだろうし、大学を卒業すれば就職をするだろうし、そうこうするうちにやがて結婚し、子どもを持つ可能性が高くなるだろう。そんなふうに生きることを疑いもせず、ごく当たり前のように思うかもしれないが、実際にはとても不幸でしんどいことなのだと。特に家族ができればその不幸は本人を飛び越えて、愛する人にまで及んでしまうのだから、ここでその不幸の糸を切ろう、寺を探してやるから、出家することも考えてみろとまで言うのだった。当時の僕は、そんなことを言われてすっかり腹を立ててしまい、父に出て行ってくれと言った。けれど、労働と人生にすっかりくたびれ果ててしまった日に、愛する人のまなざしから微かな貧しさが感じられたりすると、僕はあの時の父の言葉を思う。

近代以降、人間がすべき労働は爆発的に増えた。観念的には非常に神聖な価値あるものと考えられたが、現実にはそうはならなかった。特に誰がやっても同じような結果になる類の労働は、この上なく冷遇されるようになった。もうずいぶん前から労働は、世界を構成するものではなく、世界を消費するために存在しているものなのかもしれない。

これまで詩を書いていて、僕は何度も父の労働を作品の中に登場させてきた。詩の中で父は、塵肺症《じんぱいしょう》で死んだ太白の炭鉱夫としても登場し、コミュニティバスとダンプカーを運転したりもし、練炭を運んだり、失業して坡州《パジュ》でひとり暮らしをしているアルコール中毒患者として描かれたりもする。事実もあればそうでないものもある。

太白に住んでいるある読者から手紙をもらったことがある。自分の父親も炭鉱夫として生き、塵肺症で亡くなったという内容で始まる手紙だった。うれしさと悲しみの両方が込められたその手紙に返事を書いた。手紙の最後には次のように書いた。

申し訳ないのですが、私の父は実際には炭鉱夫として暮らしていたことはありません。そして今も元気でいます。太白と炭鉱夫が登場する詩は、数年前に鉱山に関する詩を依頼され、取材をしたうえで書いたものです。取材をしていてとても印象深かったことがあります。坑道での作業を終えて、地上に上がってきた炭鉱夫たちがみんな笑っていたことです。声を上げて笑うというのではありませんが、微笑んだときに見えた白い歯が、本当に鮮やかでした。私がなぜ笑っているのかと尋ねると、彼らは当たり前じゃないかと言うように、仕事が終わったから笑っているんだと答えました。

炭鉱夫の人生と私の父の人生はとてもよく似ています。一日の仕事が終わったということだけで喜ぶ姿が、そして人生のほとんどを労働と次の労働を準備する時間の中で過ごしてきたということも。睡眠欲、食欲のような、人間の基本的欲求だけを満たすのに追われているうちに年をとり、病を得たこともやはりよく似ています。

この地の労働者たちは、先行きのわからない自分の人生がいつ終わるのかについては知りませんが、ひとたび始めた仕事の終わりについてはとてもよく知っていました。事実でない内容を事実のように書いて申し訳ありませんでした。ですが、いたるところに散らばっているさまざまな事実を集めて、微かにでも真実の輪郭を描いてみたかったのです。重ねてお詫び申し上げます。

大人になるということ

少し前、ある新聞社の記者から連絡をもらった。〝私たちの時代の人物〟というテーマで企画記事を準備していて、多数の文化人、芸術家たちにアンケートを行っているのだが、僕にも数日以内にアンケートに答えてほしいとのことだった。電話を切ってから、それほど長い時間悩まなくても、〝時代の人物〟と呼ばれるにふさわしい人びとが頭に浮かんだ。僕はすぐに回答し、しばらくしてその記事を紙面で見ることができた。

政治と宗教と思想と社会運動、それに文学や芸術など多様な分野において、多くの人から尊敬されている人が、この時代の人物として挙げられていた。僕がまったく思いもしなかった人もいたけれど、異論はなかった。彼らは各自の分野である境地にまで達した人々であり、どの人も例外なく理想を描いて見せる思想家であり、社会を変革する革命家としての顔を兼ね備えていた。

けれど、すべての人がこのような人生をたどれるわけではないとも思う。もちろん必ずそうならないといけないということもないのだ。思想までいかなくとも、物事を深く考えながら生き、革命は難しいけれど何かを実践することだけでも人生というものは充分なのだろう。現実的に僕が目指したい大人というのもまた、それほど非凡な人ではない。

長い間記憶に残っているごく普通の大人たちについての話も少ししてみよう。生まれ育った町の連立住宅*2には僕の両親と同世代で、似たような暮らしぶりの大人たちがたくさんいた。B棟五号のおじさんはタクシーに乗り、B棟三号のおじさんは当時一五四番の市内バスの運転手で、A棟四号のおばさんは延新内《ヨンシンネ》市場で総菜屋をしていた。今思えばおかしなことだが、C棟二号のおじさんは連立住宅で唯一大学を出ていたという理由で「大学おじさん」と呼ばれていた。

町内の大人たちの世界には、ある秩序と美学があった。ある時どこかの家で夫婦喧嘩が起こったとする。そうすると近所の人たちは喧嘩が起こった家の子どもたちを自分の家に連れて来てビデオを見せてやったり、夕飯を食べさせたりする文化があった。

なるべく夫婦喧嘩に介入はしないが、これはまずいとなれば、その家に押しかけて行って仲裁をしたりもした。そんな日は町内のおじさんたちは外で焼酎を飲んで帰り、おばさんたちは、気の合う人たち同士集まって夫の悪口を言い合うのだった。僕と近所の友人たちは、夜遅くまで遊べるという滅多にないできごとに、とにかくはしゃいでいた。一緒に暮らしている大人たちみんなが父親のようであり母親のような町だった。

考えてみると、その頃の町の大人たちの年齢が、ちょうど僕の今の年齢だ。今までに何度も年齢を尋ねられてきた。そんな質問をする人はたいてい僕よりずっと年長者だった。彼らの多くは僕に年齢を尋ねると、羨ましさ半分、皮肉半分を込めて言った。

「俺がその歳の頃にはだな」で始まり「いちばんいい時だ」とか「もう少し時間が経たないとわからないだろうな」のような言葉を経て、「その年齢に戻れたら何も望むことはないよ」で終わるいくつもの言葉。僕に話しているのか、自分自身に話しているのかはっきりしない、理解はできるけれど、そうかと言って特に理解したいとも思わなかった言葉の数々。

なにかの集まりの夕食の席で、かなり年配の方に出会った時のことだ。始まりはやはり同じ質問だった。けれど、返ってきたその人の言葉は違った。「よくはわかりませんが、今、いちばん苦しい時でしょうね。少なくとも私はそうでしたよ。恋愛であれ、将来のことであれ、経済的な問題であれ、どれか一つは思うようにいかなかったものです。あるいはどれもうまくいかなかったり。でも、ずいぶん歳をとってから思うことなんですが、そもそも人生は思うようにいくようなものではないんですね。ただ、少しずつ納得していくものなのでしょう。歳をとることはそれほど悪くありません。ジュンさんも心配しないで早く歳をとってください」

衝撃を受けた。自分の過去を後悔でいっぱいにしている人と、何かを成し遂げようが成し遂げまいが、どんなときも後悔せずに生きてきた人の言葉はこんなにも違う。

できることなら僕は後者に近い人になりたい。けれど、これもまた簡単なことではないだろう。実際に僕がいちばんよくすることの一つが、まさに過去にあったことを後悔することだからだ。これからもやっぱり僕は、後悔と自責の中で人生の多くの時間を過ごすだろう。後悔と自責がすっかり底をついてしまうまで。

孤児

父はソウル生まれです。絵を描いていた祖父も、祖父の父親もソウルで生まれ育ちました。骨の髄までソウルである父方の累代において、〝ソウル〟はそれほど自慢にはなりません。

鍾路の紫霞門《チャハムン》の近くで暮らしていた貧しい父の幼年期が、何日もひどく飢えなければならなかったものだったとすれば、田舎で暮らしていた貧しい母の幼年期には、それでもすいとんや、トウモロコシ、じゃがいもがあったのですから。父の自慢と言えば、〝光化門《クアンファムン》の交差点で三輪車に乗って遊んだ〟ぐらいのことですから、やはりソウルは自慢できるほどのものではありません。

僕もソウルで生まれ育ちました。そしてやはり得になるようなことはありませんでした。軍隊に行った当初はソウル出身だという理由で〝ひ弱だ〟〝ケチだ〟と言われましたし、同郷の者同士でわかち合うという親近感のようなものも感じることはできませんでした。近頃はそれほどでもありませんが、最初に〝故郷はどこ?〟という質問をされると、絶望すらしていたのです。生まれた洞の名前を言わなければならないだろうか、区を言わなければならないだろうか、ずいぶん迷いました。けれど、一度もソウルが故郷だと答えたことはありませんでした。ソウルは人間の故郷になるにはあまりにも大きく、傲慢な都市です。それにもかかわらず、ソウルのことから話を始めます。

僕が生まれ育った恩平《ウンピョン》区仏光洞《プルグァンドン》の周辺環境はそれでもまだましでした。軍事保護地域、開発制限区域、さらに国立公園まで……他のソウルの街に比べ、住宅の値段が安かったので、貧しい母と貧しい父は住まいを求めることができ、幸い僕は、そこにちらほら残る自然の切れっぱしのようなものを見ながら育ちました。二人の友人が転落して命を落とした渓谷も、冬には雪にすっぽり覆われた岳山《アクサン》も、田畑もそばにありました。もちろん近くには大きな街もありました。十分も歩けばショッピングセンターと映画館と地下鉄の駅があり、冬にはバスで街の中心部にある大型書店に行って、遊んだ日もしょっちゅうありました。そんな僕にとって、川というのは漢江《ハンガン》がすべてでした。一年に一、二度、塩素の匂いが鼻をつく漢江市民公園プールに行ったり、ヤンニョムトンタク（一羽分のヤンニョムチキン）を持ち込んでアヒルボートに乗りに行ったりすることがすべてでした。最近のことですが、依頼があって川をテーマにした数編のエッセイと詩を書きました。僕は急いで川へ出かけ、素材やインスピレーションを得たり、本を見たり、知人に尋ねたりして、どうにか川について学ばなければなりませんでした。こんな僕が川について話すのはおかしく見えるかもしれません。けれど、僕は違う考え方をしてみます。母親の顔を一度も見ることのなかった子どもの方が、母親のことをずっと恋しく思うだろう、そんなふうにです。

数年前、建築家の金重業《キムジュンオプ》氏＊3に関する文章を読む機会がありました。資料を集めているうちに僕は面白い論争を発見しました。一九六八年、金重業氏と、当時〝突撃市長〟というあだ名を持っていた金玄玉《キムヒョノク》市長＊4との間で起こった論争です。

金玄玉市長が当時描いていたソウルの青写真を要約すると、次のようになります。

あちこちに設置された高架高速道路に乗れば、疲れた頭は時速四十マイルの軽快なスピード感と相まって癒されていくだろう。漢江のほとりや汝《ヨ》矣島《イド》は国会議事堂の移転によって、完全に第二の都心へと変貌を遂げるのはもちろん、川辺にはずらりとアパートが建っている。市場も現代化され、十五階建ての楽園市場と十三階建ての南大門市場をはじめとする全十四か所の市場が高層建築に変わる。その一方でソウル運動場から奨忠《チャンチュン》体育館を繋ぐスポーツセンター、区ごとに図書館、百十二か所に大小の公園が設置され、子どもの王国も建設される。一方、漢江以南に各地域への利便性にも富む第二のソウルが建設され、そこには百万人の人々が暮らし、一か所に集中している現在の都心機能を分散させる。違法建築がはびこる現在の駱山《ナクサン》、応峰《ウンボン》、貞陵《チョンヌン》、霊泉《ヨンチョン》、倉前《チャンジョン》、梨泰院《イテウォン》、新大方洞《シンデバンドン》地区には一九六九年七月までに全百棟の庶民向けアパートが建ち、首都ソウルの名にふさわしくないバラック村は姿を消すことになるが、これらのアパートは入居者と協力し合って建てられることになる。

——「十年後のソウル - 素晴らしいソウル、醜悪なソウル」

『サンデーソウル』（ソウル新聞社、一九六八年十一月）

一方、金重業氏は、思いつきと幻想、そして示威効果だけを狙ったソウル市の建設像から推測すれば、十年後のソウルは、どこにもその原形を探すことができないほど醜悪な首都に変わってしまうだろうと述べ、同じ紙面で次のように予想しました。

高層建築がぎっしりと建ち並ぶということは地面の拡張という点からは奨励されるべきことだ。しかし、都市開発において何より優先されなければならないことは、緑地帯の形成である。太陽光線による照射を無視した高層化というのは地獄だ。都市のスモッグを除去してくれる緑地帯が軽んじられ、滅菌と人体の成長に大きく影響する太陽光線が、無秩序に建ち並ぶ高層建築によって遮られてしまったら、市民たちは、殺菌されていないゴミが大量に積みあげられた市街地を、日に当たらない青白い顔で歩かなければならず、その上、必要な駐車施設が備えられていないせいで、狭い通りには車がずらりと並び、歩行者は路地ばかりを選んで歩くほかないだろう。漢江と汝矣島の開発は歓迎されることだが、その根本的な目標が間違っている。川の両側に高速道路ができたら、市民はどうやって漢江に親しむことができるというのだろうか？　汝矣島を第二の都心にするということも間違いだ。むしろ漢江と汝矣島はソウル市民のための空間になるべきなのだ。

〝突撃市長〟の構想通りに、そして、ある建築家の憂慮した通りにソウルは作られました。漢江総合開発以後、漢江は自然河川としての姿を完全に失い、あと十年もすれば、自然の風景は作り変えられます。もちろん僕は近代化された祖国の恩恵（？）を受けて育ちました。僕が生まれた年に国民所得は二千ドル、小学校に入学した年に六千ドル、卒業した年には一万ドルを超えました。〝健康のために雑穀米を、経済のために小麦製品〟を食べたこともなければ、あるいは〝ネズミを捕まえよう〟というスローガンのもと、ネズミの尻尾を学校に持って行ったこともない世代です。〝春窮期〟[*5]や〝残り物を混ぜて作った粥〟はさらに遥か遠い昔の話なのです。

ですから、空腹を知らずに生きてきました。共働きの両親のおかげで、食事が用意されていない日はしょっちゅうあっても、家に米がなかったことはありませんでした。環境ホルモンが検出されたカップラーメンをおやつにして育ちました。弁当のおかずは、亜硝酸ナトリウムとソルビン酸カリウムがたっぷり入ったハムが好きでした。友人たちと石綿が貼られた地下のボイラー室で走り回って遊び、アトピー性皮膚炎と鼻炎に長い間悩まされてきました。カドミウム、水銀、セレン、ヒ素、クロム、鉛、フッ素、ホルムアルデヒドのようなものも、至るところに広がっていました。降るのは酸性雨、吹くのは黄砂でした。

あなた方が誇る祖国近代化は悪で、誤りで、間違っていました。祖国の近代化という絶対的命令が都市と自然を壊しました。そして僕たちの認識と想像力までひっくり返してしまいました。もう僕たちはコップに入れた水と、流れる川の水との関係を考えようとはしません。自分と炭素と木の関係図を書こうとはしません。遺伝子組み換え作物は、農薬を使わなくてもよく育つということを知ってもそれほど驚きません。

川を少し放っておいてほしいと心底思います。多くの環境学者は、近いうちに川は自然に干上がるだろうと予測しています。上昇していく海水温度の推移を見ると、海岸地帯には台風、津波、記録的な豪雨と洪水が起こるでしょう。海岸に集中して雨を降らせた雲は、内陸地方にひどい干ばつをもたらすでしょう。今のように躍起にならなくても、川は僕たちのもとをいずれ離れていくということなのです。そのときになってもまだ、閘門《こうもん》を通過する船や、ロボットの魚が泳ぎまわる光景が見たいというのなら、すっかり干上がった大地に人工の川を作るなりすればよいでしょう。

この文章の冒頭で父の三輪車のことを少し話しました。それが一九五三年か一九五四年頃です。当時、何日もひどく飢えていた父の境遇からすれば高価なものです。その三輪車は実は、病気で早くに亡くなってしまった母親に代わるものだったのです。何日も泣いてばかりいる息子がかわいそうになったのか、祖父が与えたものでした。たしかに三輪車もいいですが、〝母親〟というものは、なにか別のもので代わりになることができるのでしょうか。

僕たちはみんな孤児になりつつあるか、あるいはもうすでに孤児なのです。泣いたって変わることは何もないだろうけれど、それでも一緒に泣けば恥ずかしさも薄れ、少しは力になりもするのでしょう。

酢醤油《チョガンジャン》

ソウルに生まれ、ソウルに暮らしていて、これと言って不便なことはなかったが、残念に思う点は多かった。そのうちの一つが食べ物に関することだった。特産物があるというわけでもなく、普通の家庭で受け継がれていく伝統のようなものもほとんど残っていないソウルは、食べ物に関する限り無色無臭の都市だった。そしてこの無色無臭のすき間を国内はもちろん、世界中の食べ物が雑多に埋めている場所でもある。

だからだろうか。大人になって、自由に旅することができるようになってから、僕は全国を回ってその地域ならではの食べ物を探して食べることに熱中した。全羅南道務安《ムアン》で初めて食べたカジメ海苔はそれまで僕が食べてきた味付け海苔とは次元が違い、黒山島《フクサンド》のエイはたまに口にしたことのあるチリ産のエイとは比べものにならなかった。

このほかにも、済州のブリ、慶尚南道河東《ハドン》のシジミ、江原道旌善《チョンソン》の山菜、忠清南道のカラアカシタビラメ、全羅南道長興《チャンフン》の椎茸にいたるまで。ソウルでも確かに食べてきた食べ物なのに、素材の味と質がずいぶん違い、同じ食べ物と呼ぶのが憚られるようなものがあまりにも多いのだ。さらに産地ではソウルよりもうんと安い値段で食べることができるのだから……そのたびに僕は味に感動しながらも、今までひどく騙されてきたような、ある種裏切られたような思いにとらわれたりしていた。

数日前、統営に出張した。これまでもしょっちゅう統営に行っていたが、旅が目的ではない訪問は初めてで、春ではなく秋に行ったのも初めてだった。仕事を終えて一泊し、翌朝早くにソウルへと向かうという日程。つまり、統営で僕に与えられた食事の機会はたったの一度きりなのだった。

僕は統営までの道中ずっと、その一度きりの食事に何を選ぶか悩んだ。もしも春だったならあれこれ考えるまでもなく、香りのよいカレイとヨモギのスープを食べただろう。

けれど秋のさなかにヨモギがあるはずもなかった。僕は統営ターミナルでタクシーに乗ると、運転手さんに牡蠣は出回りはじめているのか、もしかして鰆の刺身を出す食堂はあるかと尋ねてみた。残念ながら牡蠣はあと二週間ほどしないと出てこない、そして刺身店はたくさん知っているが、鰆を刺身にして出す店は知らないと言った。

僕はその夜、これといったメニューにめぐりあうことができず、いろいろなつまみと酒を一度に出すいわゆる立ち飲み屋に行った。つまみを食べすぎ、酒はもっと飲みすぎた。翌朝ソウルに帰って来るころには胃が痛み、一日中なにも食べられなかった。胃の痛みは夜まで続いた。そうして夜中になって、僕は白いご飯に水を入れて粥のように煮た。二十時間以上は食べなかったのだから、空っぽで痛んだ胃を慰めるにはこれに勝るものはなかった。

半分ほど食べただろうか。僕は調味料の棚から醤油と酢を取り出し、酢醤油を作った。そしてスプーンに二杯ほどすくってご飯の上にかけた。そうすると、味もよく酸味も適度にあり、残ったご飯をあっという間に平らげてしまった。

思えば、酢醤油を食べることは父の昔からの食習慣だった。ピンデットク[*6]や、豆腐を焼いたもの、あるいは餃子のように、酢醤油を添えて食べることが一般的な食べ物以外にも、父は茹でたカボチャ、茹で肉、桔梗、里芋汁の里芋など、淡泊な味の食べ物には酢醤油をつけて食べていた。だから我が家の食卓にはいつも酢と醤油を少しずつ入れた小さな容器があった。

父は、酢醤油だけをほんの少しつけて食べれば、食べ物の味が生かされると言って、自分の食べ方を幼い僕や姉にも勧めたが、僕たちはそのたびにケチャップのようなものをたっぷりとつけながら、父の言うことを笑ってやり過ごした。そんな僕が今ではごく自然に酢醤油を求めているのが少しおかしかった。長い間見てきて、そして食べてきた体に染みついているのだ。

そうしているうちに、悲しくなった。他の薬味やおかずなしでご飯を食べなければならないとき、酢醤油に勝るものはないだろうという気がしたからだ。一杯の茶碗によそった温かいご飯と、酢醤油一皿を幼い頃の父に届けたいと考えている間に、痛み続けていた胃は少し楽になりはじめていた。

もう泣かないで、父さん

「あ、すぐ出てくれたね。僕だよ、ジュン。炎天下の中おつかれさま。あのさ、一つ聞きたいんだよ。映画でさ、父さんにとっての人生の一作ってなに？　僕いま映画について書いてるんだけど、ふと父さんのこと思い出してさ。父さんのほうが映画をたくさん観てるじゃない」

「そりゃあ俺のほうがおまえよりたくさん観てるさ。三十年多く生きてるんだからな。酒も俺のほうがおまえより三十年分多く飲んでるし。おまえさ、でも、きつい酒はやめろよな。体がもたないぞ。前に話した『太陽がいっぱい』は観たか？　アラン・ドロンの出てるやつ。まだ観ていない？　まったく、おまえは俺の言うことを本当に聞かないよな。ああ、たくさん観たなあ。清涼里の新都劇場、敦岩洞の東都劇場、新設洞《シンソル》の交差点のところの東宝劇場。

そうそう、俺が十六の時に清渓川《チョンゲチョン》洋装店で一緒に働いていた兄さんがいたんだよ。ハンジョン兄さん、ハンジョン兄さんって呼んでたんだけどな。ああ、会いたいなあ。あ、それでその兄さんの恋人がトンボ劇場の社長の家のお手伝いさんだったから、たまにタダ券をもらってきて、その時にたくさん観たんだよ」

「それで、父さんの人生の一作はなんなの？　『太陽がいっぱい』？　生まれて初めて観た映画は何？」

「どれかひとつというわけにはいかないさ。素晴らしい映画はひとつふたつじゃないからな。初めて観た映画はよく覚えていないけど、初めて観そびれた映画なら覚えているよ。俺は崇礼《スンネ》小学校を卒業したろ？　学校ったってそこしか出てないけど。ある日学校から『ベン・ハー』を団体で観に行くっていうんだ。俺は行けなかったよ。金がなくてな」

「父さん、僕も修学旅行、行けなかったでしょ。お金がなくてさ。だけど、あれはちょうどＩＭＦの頃だったから、僕以外にも行けないやつらはたくさんいたよ。よかったよ。貧乏もみんないっしょでさ。最近はこんなことを〝ウップダ〟[*7]って言うんだよ。〝可笑《おか》しいのに悲しい〟ってわけ」

「ミアリ劇場に『青い空の銀河』っていうチェ・ムリョンが出ている映画を観に行ったこともあったなあ。おまえ、チェ・ムリョン知ってるだろ？　知らない？　あの頃、映画館のロビーじゃ、ベンチャーズみたいな軽音楽が大音量でかかっていたんだよ。ああ、楽しかったよなあ。それから大きな鏡もあったんだ。あの頃、家に鏡のある家なんかなかったんだよ。映画館に行かなきゃ鏡なんてなかった。ロビーに座って鏡を見ると、はじっこに乞食が一人座ってるんだ。乞食も映画観るんだなあ、と思ってもう一度見ると、それが自分の姿だったんだ。それが洋装店で働き始める前、倉洞《チャンドン》の方にボロを拾いにまわっていた頃だったから、まあみすぼらしかったよな。（涙声になり、とうとう嗚咽。どうにか泣き止んで）その映画の筋書きがちょうど俺の話みたいに思えてさ。主人公は孤児で、俺と境遇が似ていたんだ。映画が終わってからも家に帰るまで泣きっぱなしだ。あの頃、やもめ暮らしだったおまえのおじいさんが、俺になんで泣いてるんだって聞くんだよ。だから『青い空の銀河』を観てきたところなんだよって言ったら、おじいさんも先に観ていたらしくてな、俺にもっと泣けって……（再び嗚咽）」

「まったく、悲しいのに可笑しいよなあ」

「それはそうと、どの映画のことを書くんだ？」

「『ペパーミント・キャンディー』*8のことを書こうかな。父さんも一緒に呑みながら観たろ？　ときどき僕が家でかけっぱなしにしている映画だよ。線路で「帰りたいー」って叫ぶ場面。憶えてるでしょ？　うん、そう、イ・チャンドン監督の映画。先週堤川《ジェチョン》と三陟《サムチョク》を通って東海《トンヘ》まで旅行してきた話、したよね？

実はその映画に出て来る場所に行って来たんだよ。映画の中で八〇年代の光州《クァンジュ》として出てくる場所は家の近所の水色《スセク》駅なんだよ。〝人生は美しい〟っていうのが映画の大きなメッセージなんだけど、そのほかにも美しいことはたくさんある。悲しいことはもっとあるけど。まあとにかく、長電話につきあってくれてありがとう。近いうちに『太陽がいっぱい』観るからね。それと、いつか僕が孤児になったら『青い空の銀河』も探して観ないとね。そのときは僕が父さんみたいにわんわん泣くよ。うん、じゃあ切るよ。だからもう泣かないで、父さん」

手を振りながら

運転を始めて間もない頃、いちばん難しかったことは車線変更だった。隣の車線から走って来る車の邪魔にならないように入って行かなければいけないのだが、相手と僕の車との距離を計算することは簡単なことではなかった。初めての道を走ったときなど、僕は下りなければならないインターチェンジで下りられなかったこともあった。速いスピードで、それも立て続けに走って来る隣の車線の車に怖気づいて車線を変えられないまま、僕はその日さんざん遠回りし、目的地にも遅れて到着した。

しばらくして、駐停車が可能な路上に車を停めて、通り過ぎる車をサイドミラーで観察しはじめた。相手の車のスピードが速いほど、鏡に映る姿が早く大きくなるということはごく当たり前のことだが、理屈ではなく実際に自分の目と感覚でそれを身につけるためだった。その時初めて、サイドミラーに小さく書かれていた「ミラーに映っているものは、実際には見えているよりもっと近くにある」という言葉を見た。夕方早くに始めたその日の現場学習は、ヘッドライトの光を見て、他の車のスピードと距離を計算しなければならないほど暗くなってようやく終わった。

ふり返ってみれば、僕は幼い頃の日々の多くを自動車で過ごした。生涯トラックを運転していた父のおかげだ。幼稚園に行くよりも父について出かける方が楽しいことが多かった。父の仕事場について行って撮られた写真の中には韓国式発音で〝ジェムシ〟と呼ばれた、当時もうすっかり古くなっていたＧＭＣトラックでの姿も収められている。

仕事が忙しかったり、行程が長すぎたりするようなものでなければ、父もまた僕を話し相手に乗せて行くことを歓迎していた。父に幼稚園であったことをしきりに話しているうちに、トラックの助手席で、小さな体を横たえてぐっすり眠りについているうちに、あるいは車窓の外に見える見知らぬ風景に心奪われているうちに一日が過ぎていった。

傾斜が急な坂道を下っていたときのことだ。遠くの平地にある信号と横断歩道が目に入ってきた。父は道端にいる人たちをよく見ろと言った。車道にぴったりと近づいて立ち、信号をじっと見ている人が多ければ、じきに歩行信号に変わるから前もってスピードを落としておかなければならない。逆に、人々がよそ見していたり、信号に興味がなさそうにしているときは信号が変わってからまだ間がないと思えばいいとも言った。

それを聞いてから、まるでそれが僕に与えられた任務にでもなったかのように、横断歩道の前にいる人々の表情を読み取ることに没頭した。そうして僕が観察した人々の表情と行動について、休むことなく伝えた。父がちょっと鬱陶しがるまで。

その後また、父としばらくの間、同じ車に乗っていたことがあった。運転免許技能試験に合格して、道路走行の練習をするときだった。当時僕は大学を休学し、競《せ》りが行われる早朝の市場で働いていた。僕が働いていた市場と、父のトラックの車庫が近かったので、僕たちは一緒に出勤した。昔と違っていたことがあるとすれば、今度は僕が運転席に座り、父が助手席に座っているということだ。昔と同じ点があるとすれば、助手席に乗った人が絶えず話しているということだった。

「方向指示器を前もってつけろ」「ブレーキをしょっちゅう踏むのはよくない」「トンネルに入ったから、ワイパーのスイッチを下ろせ」。父の小言が夏の小虫のように飛び回っていた。その頃、風邪をひいたことがあった。僕は父に体調がよくないから今日は運転しないと言った。そうすると父は「それぐらいの体調の悪さで運転しないなんてな。具合が悪いからしなくていいことなんてものは世の中にそうそうないよ」と言って笑った。僕は父がそんなふうに笑ったことが悲しく、恨めしくもあり、寂しいような気もした。

本格的に運転をし始めてから十年以上が過ぎた。もうこれと言って困難なこともなく市内の道路を通って通勤し、高速道路を走って地方講演や旅をする。その間に父も自分の時間を過ごし、今は古いトラックを売って引退の準備をしている。老軀（노구《ノグ》）が老具（노구《ノグ》）に乗るのもあと少しの間ということだ。

昨年の冬、父と釜山《プサン》に行った。KTX[*9]に乗ったり、慶釜《キョンブ》高速道路を通るほうがずっと楽だっただろうが、できるだけゆっくりとこの時間を過ごしたくて、ソウルから江陵《カンヌン》、江陵から釜山まで、海岸へと開ける国道を走った。

今通り過ぎているこの道の上は、見えているよりもっと近くにあるもの、思ったよりも速いスピードで迫ってくるものたちでいっぱいだ。それらの間からクラクションの音を聞き、目をこすったり、手を振ったりしながら僕たちはすれ違っていく。

祝！　パク・ジュホン　一歳

そういえばお金を払ってタオルを買った記憶がない。洗濯物を干していてその理由がわかった。ジュホンの一歳祝い、町内のおばあさんの喜寿祝い、新しく開店した餅屋、ヨンチョン小学校総同窓会運動会……誰かからもらったものばかりだ。僕は日々このあたたかな縁という懐に洗った顔をうずめていたのだ。

中央医院

僕が最初に訪れた総合病院は住んでいた町にあった小さな病院だった。病院に行けば腹が痛い人も、目がかゆい人も、風邪をひいた人も、包茎手術を受けに来た子どももいた。人の体は複雑なものだけれど、また一方では単純極まりないものだ。適度に食べ、水をたくさん飲み、体を温かくし、しっかり睡眠をとれば誰もがかかるちょっとした病気はいつの間にか消えてしまう。病院で注射をしてもらい、処方された薬を飲めば症状もいくらかましになるだろうし。けれどその病院に通って、どんなに薬を飲み、注射をしてもらっても治らない病があった。具合の悪いところも、辛いことも少しずつ増えていく病。僕はその病を「お母さん病」と呼んでいた。

近所の母親たちが胸に抱えて持って帰る薬袋。その色とりどりに赤く、青く、黄色い、丸い錠剤たちが、僕の目には恨めしいほどに優しく、美しく映った。

スンデ[*10]と革命

スンデが好きだった。肉に似た味がするからだ。粉食店などで、スンデを覆ってあるビニールがめくられると、むうっとたちのぼる湯気を見るのも好きだった。たちのぼる湯気が少なければ、今しがた誰かがスンデを買っていったんだなと思い、湯気が盛大にたちのぼれば、しばらくの間、誰もスンデを買わなかったんだなと思った。それぞれの空腹がつながりあっているような、不思議な気持ちになった。そんなことを思っていると、スンデを売っている人が、レバーと肺も一緒に入れるかと聞くのだが、僕はそのたびにレバーは食べないと答えた。ある友人からレバーの話を聞いてからついた癖だ。

友人はおいしい豚のレバーを見分ける方法を僕に教えてくれた。意外と簡単だった。動物の肝臓はたんぱく質を貯蔵する働きをするが、死ぬ前まで餌をよく食べていた豚の肝臓は表面がつるつると滑らかで、色はうっすらとピンクがかっていて、食感も良いのだという。反対に餌をあまり食べずに死んだ豚の肝臓は、穴がぷつぷつと空いていて色も暗く、嚙むとたいていぱさぱさしている。

　科学的に妥当な事実なのか確認したわけではないが、その話を聞いてからレバーを食べなくなった。餌をよく食べて死んだ豚の肝臓、というのもあまり気分のいいものではないし、餌をあまり食べられずに死んだ豚のレバーに出くわしたりすると、なおさらいい気はしないのだった。この感情は肉食をしながら感じる原罪意識とも少し違った性質を持っていた。

　それからほどなくして、肺も食べなくなった。太白から帰って来てからのことだ。十年ほど前の秋、『新春文芸』に応募する原稿を抱えて向かった太白は、僕にはこの世の果てのようなところだった。太白のあとには何もなかった。太白での僕の日課は簡単だった。詩を書くことと本を読むこと。そして食事を簡単に済ませるためにスンデのような軽食を買って食べること。主に宿の部屋で詩を書き、スンデを食べた。そして、本は宿の近くにあった病院のベンチで読んだ。当時その病院の名称は、太白中央病院だったが、その前は長省《チャンソン》病院と呼ばれ、現在は太白労災病院となっている。患者の大部分は塵肺症を患っている元炭鉱夫たちだった。

　聞くともなく聞いた彼らの話のほうが、持参した本の内容よりも貴重なものであることが多かった。炭鉱の生き埋め事故は甚大な人命被害を伴うが、犠牲者の死因は餓死や窒息死ではなく、一度にどっと押し寄せる水による溺死が多いのだという、自分とはずいぶんかけ離れたところにあるようなことでありながら、胸の疼くような話をその時に聞いた。彼らの会話にはいつも咳が混ざっていたが、それは人間の体から出る音とは思えないほど荒れていた。夕方になると僕は持参した本をいくらも読めないままスンデを買って宿に帰った。少し奇妙な結論だが、肺を食べられなくなったのもその時からだ。

　その一方で、ふたたびスンデを頻繁に食べていた時期もあった。果てだと思っていた太白から何も得ることとなく戻り、僕ができることはあまり多くないということをあらためて思い知らされた頃のことだ。僕は青色の作業服を着ていた。それまでにもアルバイトをずいぶんたくさんしてきたが、このときは、一生ものになるかもしれない職を手に入れたのだった。空港の滑走路で飛行機に貨物を積む仕事だ。午前中は人としてあり得ないほどの仕事があり、午後は二、三時間ほどの空き時間があった。最初はその時間がうれしくて本を読んでいたが、一緒に働く人たちと親しくなっていくにつれて、その空き時間に酒を賭けて足《チョッ》球《ク》[*11]をするようになった。

酒はいつも近くの食堂で飲んだ。かすかに生臭い匂いのするスンデと豚の頭の肉が一緒に出される店だった。一次会がスンデと頭の肉とするなら、二次会はそれらにゴマの葉、玉ねぎ、ヤンニョム〔肉などに下味をつける辛い味噌〕を入れて炒めたもの、三次会は残ったヤンニョムにご飯を混ぜて食べるのだった。最後は箸を持って歌まで歌って、ようやくその場がお開きになるということは言うまでもない。

人生の中でもっとも真摯で、シンプルではあったが、次第にやり切れなさが募っていった。僕の人生がだんだん詩と文学から離れていっているという思いからだった。盲目とも言えるほど書いていた習作詩はひとつも惜しくはなかったけれど、二十代の最初から半ばにかけて自らを追い込みながら苦労した時間が、何にもならなかったという思いが僕を苦しめた。僕はそれからほどなくしてその仕事を辞め、文学と関連する職に就くことにした。

けれど、それなりに苦労して入った職場ではあったので、次の職場が見つかるまでは家族には秘密にするしかなかった。朝はバスに乗って、西大門にある四・一九革命[*12]記念図書館まで行った。家の近所にも図書館はあったが、家族と出くわす危険があったし、それに高校時代、休暇中はずっと、自習室のように通っていたところだったので気楽だった。図書館は夕方六時になると閉まるが、そのおかげで遅くまで勉強する人があまりやって来ないので、いつ行っても閲覧室の席を確保することは難しいことではなかった。

図書館に入ると、玄関の壁にかけられた金《キム》大中《デジュン》[*13]大統領による『四・一九民主精神継承』の揮毫《きごう》が最初に目に飛び込んできた。高校生だった僕は当然「継承」という漢字を読むことができないまま、揮毫の前の階段を上り下りしていた。

出勤するかわりに図書館を訪れていた僕は、高校時代とは違って閲覧室よりも資料室で過ごしていた。新刊図書は既に貸し出されていることが多く、蔵書の量もそれほど多いほうではなかったが、短い読書履歴しか持たない僕にとっては、本はあふれかえるほどのように思えた。いくつかルールを決めた。そこでは文学以外の分野の本だけを読むこと。一度選んだ本は最後まで読むこと。

歴史や哲学や社会科学の本以外にも園芸、シャーマニズム、医学のような、基本的な知識すら持っていない分野の本も手当たり次第に読んだ。理解するのに苦労する難しい本が大多数だったけれど、活字なら、そして本なら何でもよかった。

　歴史の教科書で少しだけ触れたことのあった現代史をもっと深く知ったのもこの時期だった。図書館は、かの〝四捨五入改憲〟の主役李起鵬《イギブン》*[14]氏の自宅があったところに建てられていたので、四・一九革命と、その前後史を扱った本が特に多かった。自分の息子をソウル大学法学部に不正編入学させようとしたものの強い反発にあって失敗し、その後、陸軍士官学校に進ませたという話。その息子を李承晩《イスンマン》大統領の養子に出したという話。当時梨花女子大学副総長であり、李起鵬氏の妻だった朴瑪利亜《パクマリア》氏が馬山市民抗争*[15]直後、「神の摂理に従順であることを知り、神を恐れることを知る国民こそ、偉大な国家を建設できるということは歴史が雄弁に証明している。どのようにして神を恐れる国民を育てるのかということの答えは、宗教教育を十分に行わなければならないという結論に達した」という、内容にも問題があるし、文の構成すら満足にできていないような文章を『梨大学報』に残していることも僕はこの頃に知った。

いつだかのある日、図書館から帰ると、家にいた父に四・一九革命の時に何をしていたか聞いてみたこともある。父は小学校に通っていたが、当時、家のそばにあった鍾岩《チョンアム》警察署、警察官がみんな逃げてしまったというその警察署のトイレからチリ紙を盗み出し、チェギ[*16]の房を作って、蹴って遊んだというつまらない答えが返ってきた。

スンデとレバーと肺から始まった文章が、下積み時代と太白と図書館を経て四・一九まで来た。すべて過ぎ去ったことだと思いながらも、必ずしも過ぎてしまったことではないかもしれないという思いが、結末を迷わせる。憤怒と羞恥の感情もともなう。最後にとっておいた二段落は迷った末に消す。けれど誰にも読まれなくても、書かれる、ただそれだけで能力と力を持つ文章もあるのだと信じている。まるで心の中の願いごとのように。あるいは歯を食いしばって誓ったことのように。

死と遺書

詩を書くことが遺書を書くことのように感じるときがしばしばある。これは、すでに消えてしまったものや、消えつつあるものがこの世の中にはあまりにも多いからだろうし、そしてこの数多の消滅の足跡が、僕の作品の中にしばしば入りこんでくるからだろう。

消えていくものたちの遺言を受け取って書くという点で、僕の詩は創作よりも取材や代筆に近い。驪州《ヨジュ》の梨浦洑《イポボ》[*17]では南漢江《ナムハンガン》の遺言を、尚州洑《サンジュボ》では洛東江《ナクトンガン》の遺言を受け取った。釜山・影島《ヨンド》のクレーンの下では資本に打ち殺された労働の慟哭を聞き、済州・江汀《カンジョン》村ではクロムビ岩の亡骸に触れてもみた。僕がそこでできることと言えば、彼らの遺書を詩という形で代筆することだけなのだった。

もちろん僕自身も遺書を書いたことがある。軍隊でのことだ。新兵訓練を終えた僕は、軍用トラックに乗せられた。トラックはどこかへ向かってひたすら走っていた。抱川《ポチョン》を過ぎると広い平野が目に入ってきた。鉄原《チョロン》だった。部隊に行って僕が最初にしたことは爪を切って遺書を書くことだった。戦争が勃発すれば、しょっちゅう死ぬような目に遭うから、ここではあらかじめ遺書を書いておくことになっている。僕の靴下と下着に中隊と小隊の名前を書いてくれた古参兵はそう言った。そのうえさらに、部隊から脱走したければとにかく南の方へ歩いてゆけ、部隊の周辺にはまだ地雷がたくさんあるから気をつけろ、と親切にも教えてくれた。

もちろん、それは新兵を脅かそうとしてのことなのだけれど、そんなこととは知らない当時の僕はすっかり深刻になってしまった。ゆっくりと遺書を書いていった。ノート二ページを文字でぎっしりと埋めたが、たいした内容ではなかった。簡単に要約すれば「ありがとう、ごめんなさい、愛している」の繰り返しだった。一緒に遺書を書いた同期たちの遺書も、似たりよったりの内容だった。

除隊した後も、何通かの遺書を目にしたことがある。幸い未遂に終わった人の遺書もあった。残念ながら遺書を残してこの世を去った人のものもあった。

しかしそれらの遺書の内容もまた、血走った怒りと恨みより、感謝とお詫びと愛を語るもののほうがずっと多かった。もしかすると遺書はこの世でもっとも穏やかな文章なのかもしれないとも思った。他人に対する赦《ゆる》しと和解であるという以上に、自身の死を慰め、哀悼するという意味において。

少し前に復職を果たした双龍《サンヨン》自動車の一部の労働者たちは、不当解雇の七年の時間を耐えた。それは死よりも死に近い時間だったにちがいない。その間、二十六名の労働者と家族がこの世を去った。そのうちの半数以上が自ら命を絶ち、その多くは遺書一枚残さず、この世に別れを告げた。

彼らが遺書すら残せずに、つまり、人生の最後の瞬間までも怒りと悲しみと自責の念に囚われたまま生きるよりほかなかったこの世の中で、僕たちはなにごともなく生きている。人が人を失った世の中、労働が労働を失った世の中、法が法を失い、川が清らかさを失った世の中に生きている。死がいたるところに満ちあふれているというのに、哀悼と悲しみにまで政治を持ち込む世界に生きている。

僕が消えゆくものたちの言葉を受け取って書く理由は、消えゆくものを引きとめ、化石のようにとどめておくためではない。少し残酷な言い方をすれば、僕の詩は、十分に哀悼し悲しむことによって、数多の消えゆくものたちを完全に忘れるためのものだ。一つの存在が完全に存在するためには、完全に消滅しなければならない。僕たちが存在したということを誰も認識できなくなったとき、「永遠」という言葉を、おそるおそる口にすることもできるだろう。

僕が今までに見てきた遺書の中で最も美しい遺書、児童文学家、権正生《クオンジョンセン》*18先生の遺言状の一部をここに引用し、この文章の遺書としたい。（財団法人　権正生オリニ文化財団ホームページ参照）

この先、いつ死ぬかわからないが、ちょっとロマンティックに死ねたらと思う。しかし私も、かつてうちの犬が死んだときのように、ぜいぜいと喘いだ末に、がっくりとことされるのだろう。目は閉じているのだか開いているのだか。口は間の抜けたことに半開きのまま、馬鹿みたいに死ぬのだろう。最近になって怒りっぽくなっているところを見ると、天使のように死ぬということは望むべくもないだろう。

だから、息絶えたらすぐに火葬して、灰をあちこちに撒いてほしい。

遺言状としては形式もめちゃくちゃだし、内容も支離滅裂だが、これは私、権正生が書いたことに間違いない。

死んでしまえば痛いことも悲しいことも寂しいこともおしまいだ。笑うことも怒ることも。だから勇敢に死のう。死んだ後に、もしも生まれかわることができるなら、健康な男に生まれたい。そして二十五歳の時に、二十二歳か二十三歳くらいの若い娘と恋をしたい。おどおどせずにうまくやるつもりだ。しかし、生まれ変わったその時も、世の中には愚かな暴君のような指導者がいるだろうし、相も変わらず戦争をしているかもしれない。もしそうなら、よくよく考えて、生まれ変わるのはやめにするかもしれない。

二〇〇五年五月一日

権正生　記

僕の心の年齢

風が冷たい。息を深く吸うと鼻から胸まで冷たい空気が駆けめぐる。気道はこんなふうにつながっているんだなあ、と感じられる感覚がいまさらながらも面白くて、さらに何度か、もっと深く息を吸う。そして咳こむ。

これまで生きてきて、耐えられそうもないことに向き合わなければならないときが何度もあった。不当で、悔しいことに心を痛めた日もあり、僕の失敗によって起きたことについては、自分をひどく責めたりもした。けれど、心はどんなに重く、そして鋭く尖っていても、時間にだけは快く自分を差し出すだろうと思う。長い間煮沸した服のように、くたびれてしまったりもしながら。僕はこのことにどれほど慰められているかわからない。

また新しい年が来る。僕の中の無数の思いにも、一歳ずつ公平に年を重ねさせてあげたい。

時

新しい時というのは古いカレンダーをめくる時にやって来るのではなく、僕があなたを見ている、あるいは君が僕を見ているおたがいの瞳から生まれるものなのかもしれません。

おわりに

あの年　蓮花里《ヨナリ》

夜更けに思い出すことの多くは
やがて僕のもとを離れる準備をしていた。

訳者あとがき

「それでも泣きましょう、僕たち」と語りかける詩人、パク・ジュン

詩を書く人パク・ジュン（彼は自分のことをこのように紹介するので、ここでもそれに倣うことにします）は、一九八三年ソウル生まれ。二〇〇八年、『実践文学』からデビューし、二〇一二年、初の詩集『あなたの名前を煎じて数日間食べた』を出版するやベストセラーとなり、二〇二一年には五十刷を突破、累計発行部数は十六万部を数えます（現在は六十一刷）。これは二〇〇〇年以降にデビューしたミレニアル世代の作家としては初の快挙です。第二作となる詩集『僕たちが一緒に梅雨を見るかもしれません』も話題作となり、売り上げは十万部に届こうとしています。そして散文集である本作『泣いたって変わることは何もないだろうけれど』は、三十六刷を重ね、出版不況と言われる中で、その人気ぶりは驚異的と言われています。

さて、訳者は二〇二一年十一月二十日、K-BOOKフェスティバルにおいて、作家で翻訳家でもある姜信子さんとともに、パク・ジュンにインタビューするという機会がありました。コロナ禍にあって、詩人の来日は叶わず、オンラインでのインタビューでしたが、その華々しい活躍ぶりとは対照的に、いたって普通の（と言っては失礼かもしれませんが）青年が私たちの前に姿を見せてくれました。訳者は、パク・ジュンのサイン会に親子がそれぞれに彼の詩集を持参して、それぞれにサインをもらって帰っていくエピソード、中高生が自分のお金で初めて買う詩集として彼の詩集が選ばれていることを紹介しながら、詩人の人気ぶりについて尋ねてみました。

「私たちが文学に期待していることは、大きく二つあると思う。一つは私たちが知らないことを見せてくれること、あるいは私たちが想像もつかないことを見せてくれること、そしてもう一つは、すでに私たちが知っていることについて語ってくれること。僕は読者の知らないことや想像もつかない世界について語る能力は持っていません。ただ、多くの読者が共通して持っている胸のうち、心象風景などをゆっくりと丁寧に語りかけている、それが皆さんに読まれている理由なのではないかと思う」

「自分の口から話すのは恥ずかしいのですが……」と言いながらも、それこそ彼の作品同様、ゆっくりと丁寧に答えてくれたことが今でも記憶に残っています。

そのような詩人の姿勢は、タイトルにも表れています。この本のタイトルは、「孤児」という散文から引用されています。作者はこのタイトルをサインに添えることもあり、さらにそのあとに「それでも泣きましょう、僕たち」というような言葉を付け加えることもあると言います。「泣いたって何も変わりはしないだろうけれど、それでも泣きましょう、僕たち」。この言葉は、サインをもらった読者にだけ向けられた言葉ではありません。生きている人、死んでしまった人、残された人……どんなに泣いてももう会えないし、なにも変わらないけれど、それでも一緒に泣きましょう、そんな言葉で語りかけてくる詩人の思いに多くの読者が共感しているのです。

インタビューでは、八つのキーワードに沿って、詩人パク・ジュンとその詩の世界の理解を深めていきました。特に本作と関連のありそうなキーワードをあらためて取りあげてみたいと思います。

父

パク・ジュンの創作において、父親は欠かせない存在であるようです。

「鍾岩洞《チョンアムドン》」

めったに外出をしない父が
ある日、僕の家の前に来ていた

玄関に立っていた父は
なにかを言いかけて　ただ涙を流していた
どうして泣くの、と聞くと
四十年前に　鍾岩洞の川辺で　独りで暮らしていた
おじいさんの匂いがしてうれしくて　それで泣いているんだと言った

父が、おとうさん、と言って泣いていた

（『僕たちが一緒に梅雨を見るかもしれません』に所収）

本作中においても、大学入試を控えた息子に受験などやめて出家をするように勧めて息子を大いに困惑させたり（「不親切な労働」）、ボロを拾い回っていた若い頃の話を息子に聞かせながら泣いたりする（「もう泣かないで、父さん」）父親は、とりたてて文学について語るわけでも、詩を詠むというわけでもなく、むしろ日頃から寡黙な方だそうですが、パク・ジュンにとって、父親の姿が詩そのものなのかもしれません。

美人

パク・ジュンは「美人」という言葉を多用する詩人です。「美人」という言葉が出てくるたびに訳者は戸惑いました。本作では、「趣向の誕生」の中に引用されている詩の中に美人が登場します。

詩人にとって美人とは「もう会えない人」ということなのだそうです。そして「特定の性を持たない人」とも話してくれました。本作に出てくる美人は、別れを予感している恋人として描かれています。それ以外にも、夭逝してしまった姉、この世を去った作家のことなどを美人として取り上げていますが、パク・ジュンにおける美人の定義は「美しい人生を送った人」「今はもう存在しない」「だからこそ恋しい存在」だということです。なるほど、それをわかったうえで、もう一度「趣向の誕生」を読んでみると、詩の中に描かれる美人に対する詩人の思いがどのようなものか、よりいっそうこちらに強く迫ってくるのではないでしょうか。

旅

詩人は旅をし、詩や散文を書きます。本作でも「あの年　○○」というタイトルでいくつか短い詩のようなものや、散文を書いています。書かなければと思いつめて旅に出たこともあったようです。あるいは、地方の旬の食材、料理を求めて心弾ませながら出発する旅についても書かれています。しかし、詩人にとって旅は物理的な移動を伴うものばかりではない、と言います。

韓国のオンライン書店であるイエス24のインターネットサイト「チャンネルイエス」でのインタビューで、彼は本作について「詩と散文をつなぐような本を作りたかった」と話しています。それは「詩は、なにか言葉を読者に投げかけたあとに生じる感興のようなものを内面化すればいいけれど、散文はもう少し親切でなければなりません。読者と一緒に歩く道を開いてみたかった」からだと言います。なるほど、詩が散文の風景を描き、散文が詩を読み解く道しるべとなって読者とともに歩く……これもまた旅なのでしょう。詩人が読者のところまで出かけて行って一緒に歩けば、読者もまた彼のところへと出かけて行くのでしょう。

そのような「共感の旅」によって多くの読者の支持を得ているのかもしれません。そして、彼は生きている人やもののところだけではなく、死んでしまった人やもののところにも出かけていきます。

死

詩人にとって、旅が物理的な移動をともなうものばかりではない、ということと関連しています。詩人は夢の世界に出かけて、もう会えない、死んでしまった人とのひとときを過ごします。また、敬愛する先輩作家との思い出をたどる旅にも出かけていきます。パク・ジュンの詩や散文には死が多く描かれます。どの死も悲しいものではありますが、一方でまたあたたかくもあります。

消えていくものたちの遺言を受け取って書くという点で、僕の詩は創作よりも取材や代筆に近い。驪州《ヨジュ》の梨浦洑《イポボ》では南漢江《ナムハンガン》の遺言を、尚州洑《サンジュボ》では洛東江《ナクトンガン》の遺言を受け取った。釜山・影島《ヨンド》のクレーンの下では資本に打ち殺された労働の慟哭を聞き、済州・江汀《カンジョン》村ではクロムビ岩の亡骸に触れてもみた。僕がそこでできることと言えば、彼らの遺書を詩という形で代筆することだけなのだった。

（「死と遺書」より引用）

詩は、やがて消えてしまう、あるいはもう消えてしまったものたちの遺言を聞き、言葉にすること。そのように定義する詩人にとって、死は遠いものでも遠ざけるべきものでもなく、いつでもそこまで出かけて行って、そばに寄り添うべきものなのでしょう。

二〇二一年には新しい散文集『季節の散文』が韓国で出版されました。その中には、本作に書かれた詩に呼応するような詩も書かれています。

最後に、パク・ジュンという名前は本名で、漢字では朴濬と書きます。濬という漢字は日本ではあまり使われることはありませんが、奥深い、川などの底を深く掘る、などの意味がありします。その名の持つ意味どおり、詩を書く人パク・ジュンは、あらゆるところを旅し、その深いところまで見つめて、言葉を紡ぎ、私たちのところにも訪ねてきてくれるでしょう。

趙倫子

二〇二四年四月

訳註

一部

＊1　**忠武路**《チュンムロ》　ソウル中心部を東西に走る通り。一九五五年、忠武路四街《サガ》に大規模な映画館である大韓劇場が誕生。その周辺には映画会社の本社や映画館も多く集まり、一九八〇年頃までには映画の町として知られるようになった。映画会社の移転により映画館が少なくなった現在でも「忠武路」は「韓国映画界」の代名詞となっている。

＊2　**李文宰**《イムンジェ》**（一九五九〜）**　詩人。一九八二年、同人誌『詩運動』に作品を発表。一九九五年、金達鎮文学賞をはじめ受賞多数。その作風から、自然主義的詩人と呼ばれることもある。現在は、慶熙大学で講義を受け持ち、後進の指導にあたる一方、「転換のための詩作」の促進者としても活動している。詩集に『濡れた靴を脱いで太陽に見せる時』『心の奥地』『帝国ホテル』『今ここがいちばん前』などがある。

＊3　**清進屋**《チョンジンノク》　ソウル市鍾路区にあるヘジャン（解酲）グクの店。ヘジャングクは二日酔いを解消するための酔い覚ましのスープのこと。牛の血を固めたものが入っているスープや、干したスケトウダラの入ったスープなどが代表的なものとしてあげられるが、各地方ごとの特産物を用いた多種多様なヘジャングクがある。酔い覚ましを目的とすることから、早朝から営業していたり、二十四時間営業の店もある。

＊4　**オフィステル**　オフィスとホテルを合わせた造語。住居としても、オフィスとしても利用できる建物。

＊5　**ユッケジャン**　牛肉とワラビやモヤシなどをじっくり煮込んだ辛味のあるスープ。

＊6　**ムーダン**〔**巫女**〕　死者の供養、悪霊払いなどの様々な儀式を行う人。女性が多い。神と人間の間に立つ。

＊7　**韓医学**　中国医学をルーツに、朝鮮半島独自に発展した医学。

＊8　**話し方教室**　韓国では「雄弁学院」「スピーチ学院」などと呼ばれている。子どもから社会人まで、弁論大会や就職、仕事のために通うこともあれば、消極的な性格を改善するために通うこともある。

二部

＊1　**崔泳美**《チェヨンミ》（**一九六一〜**）　詩人。一九九二年、『創作と批評』冬号に「東草にて」などの詩を発表し、デビューした。一九九四年に発表された最初の詩集『三十、宴は終わった』は、五十万部以上の販売記録を打ち立て、タイトルは当時の流行語にもなるほど韓国社会において大きな反響を呼んだ。民主化闘争の時代にあった八〇年代への省察と反省を提起したこの詩集はその後も版を重ね、今なお多くの人に読まれている。日本でも二〇〇五年に翻訳出版された。

＊2　**僕が顔を横に向けて酒を飲むことを嫌がったが**　韓国では、目上の人と酒を飲むときに、「横を向き、口元を隠して飲む」のがマナーとされ、顔を正面に向けたまま飲むのは失礼に当たる。これは「目上の人の前で酒を飲んではいけない」という儒教の教えによる。

＊3　**韓医院**　韓医学に基づく診療を行う医院。

＊4　**サヌルリム**　一九七〇年代から九〇年代にかけて活動した韓国を代表するロックバンド。「サヌルリム」は「やまびこ」の意。

＊5　**ククス**　麺料理の総称。

＊6　**末伏**《マルボク》　七月から八月にかけて、初伏、中伏と合わせて三回、暑気払いとして主に参鶏湯などの滋養食を食べる日。日本の土用の丑の日の感覚に近い。

＊7　**『喪失の時代』**　村上春樹『ノルウェイの森』（講談社　一九八七）の韓国語版タイトル。

＊8　**タルパン**　ひと月分の部屋代を先払いして借りる部屋。旅館などの一室を借りることが多い。

三部

＊1　**粉食店**《ブンシク》　小麦粉を使った料理を提供する軽食店。ラーメン、トッポッキ、海苔巻き、おでんなどメニューは多様である。学生が学校帰りに立ち寄ったりすることが多い。そのほかにもチゲ類やピビンバなどを売る店もある。

＊2　**屋上部屋**　建物の屋上に設置された簡易的な住居。

＊3　**端宗**《タンジョン》**（一四四一〜一四五七）**　李氏朝鮮の第六代国王。一四五二年十一歳で即位。叔父である首陽《スヤン》大君の陰謀により一四五五年に王位を追われ、後に庶民に降格される。同年王命により薬殺刑に処された。享年十六。後年、復位ののち端宗という諡号《しごう》が贈られた。

＊4　**凌遅処斬**《ヌンジチョチャム》　頭・胴体・手・足を切断する極刑。

＊5　**李晟馥**《イソンボク》**（一九五二〜）**　一九七七年にデビュー以来、現在に至るまで韓国を代表する詩人。平易でありながら繊細な表現を用いた彼の詩は多くの人に支持され続けている。邦訳に『詩集　そしてまた霧がかかった』（李孝心、宋喜復訳、韓成禮監修、書肆侃侃房）がある。

＊6 **奇亨度**《キヒョンド》（一九六〇～一九八九） 新聞記者として働きながら、作品を活発に発表し続けていたが、一九八九年三月、ソウル市内の劇場で死亡した状態で発見された。死因は脳卒中。死の二か月後に遺稿詩集が刊行された。夭逝詩人として九〇年代以降の若者たちに支持された。

＊7 **白石**《ペクソク》（一九一二～一九九六） 現在の朝鮮民主主義人民共和国に所在する平安北道定州市出身の詩人。白石は統営出身の女性パク・キョンニョンに恋をし、数回統営を訪れている。パク・キョンニョンを「蘭」と呼び、「統営」という詩の中に描いた。「この先、この世のきれいで美しいものはすべて蘭と呼ぶことにする」（アン・ドヒョン『詩人 白石 寄る辺なく気高くさみしく』五十嵐真希訳、新泉社）と知人に話すほど、この女性はもちろん、統営は白石にとって、これまでに見たことのないような美しいものに満ちた土地だったと思われる。

＊8 **都鍾煥**《トジョンファン》（一九五四～） 中学校教師として勤務しながら詩人としても活動していたが、一九八六年、癌でこの世を去った妻への愛と悲しみを込めた詩集『葵のあなた』で一躍国民的詩人となった。この詩をモチーフにした映画ものちに製作された。その他の代表的な詩に「揺れながら咲く花」などがある。現在は国会議員としても活動している。邦訳に『葵のようなあなた ほか』（吉川凪訳、トランスビュー）、『満ち潮の時間』（ユン・ヨンシュク、田島安江編訳、書肆侃侃房）がある。

＊9 **柳致環**《ユチファン》（一九〇八～一九六七） 統営出身の詩人。青馬は号。

＊10 **「まどろんでいても起き出して～」** 白石の詩「統営」の一節。アン・ドヒョン『詩人 白石 寄る辺なく気高くさみしく』（前掲書）

＊11 **李永道**《イヨンド》（一九一六～一九七六） 時調詩人。一九四六年、同人誌『竹筍』に作品を発表しデビュー。一九五四年に時調詩集『青苧集』を発表した。中学校教師でもあった。その他の時調詩集に『柘榴』、『雨が降り風が吹いています』がある。

＊12　**イモネ**　イモネは「叔母さんの家」という意味。

四部

＊1　**全泰壱**《チョンテイル》**（一九四八〜一九七〇）**　労働運動家。工場における労働実態や労働環境の改善を求めていたが、一向に改善されないことから一九七〇年十一月、抗議の焼身自殺を図った。

＊2　**連立住宅**　庶民世帯向けの低層アパート。

＊3　**金重業**《キムジュンオプ》**（一九二二〜一九八八）**　韓国では二十世紀を代表する建築家として評価されている。

＊4　**金玄玉**《キムヒョノク》**（一九二六〜一九九七）**　ソウル特別市の第十四代市長、釜山直轄市長（現・釜山広域市）を務めた。積極的な開発を意欲的に行い、ソウルの街並みを大きく変えた市長として知られている。

＊5　**春窮期**　前年に収穫した穀物などが尽きて食糧不足になる旧暦四月から五月頃のこと。春の端境期。草の根や木の皮を食べて飢えを凌いだという。

＊6　**ピンデットク**　水でふやかした緑豆を石臼で挽いたものに、豚肉や牡蠣、野菜などを入れて鉄板で焼いたもの。

＊7　**ウップダ**　可笑しい、笑わせるという意味の웃기다《ウッキダ》と、悲しいという意味の슬프다《スルプダ》を合わせた造語。

＊8　**『ペパーミント・キャンディー』**　二〇〇〇年公開の韓国映画。監督・脚本はイ・チャンドン。ソル・ギョング演じる主人公が、映画の冒頭で「帰りたい」と叫んで列車に飛び込む場面が有名。韓国現代史の悲劇に巻き込まれ、壊れていく男の二十年が描かれている。

＊9　**ＫＴＸ**　韓国高速鉄道。日本の新幹線にあたる。

＊10　**スンデ**　豚の腸の中にもち米や春雨などを詰めて蒸したソーセージのような韓国料理。

＊11　**足球**《チョック》　サッカーとテニスを合わせたような足でボールを蹴って行う球技。

＊12　**四・一九革命**　四月革命とも言われる。一九六〇年三月に行われた第四代大統領選挙での大規模な不正選挙に反発した学生や市民による民衆デモにより、大統領の座にあった李承晩が下野した事件。最も大規模なデモが発生した日が四月十九日であったことから。

＊13　**金大中**《キムデジュン》**（一九二五〜二〇〇九）**　第十五代大統領。二〇〇〇年にノーベル平和賞を受賞。

＊14　**李起鵬**《イギブン》**（一八九六〜一九六〇）**　一九六〇年、不正選挙によって副大統領に当選したが、四月革命で失脚した。長男の李康石によって、朴瑪利亜夫人や次男ともに射殺された（長男も自決）。李起鵬一家の邸宅は政府に還収されたのち「四・一九革命記念図書館」が跡地に建設された。

＊15　**馬山市民抗争**　一九六〇年三月、高校入試のため訪れていた馬山で不正選挙を糾弾するデモに参加していたキム・ジュヨルが馬山市庁付近で催涙弾を被弾し死亡。警察は馬山税関沖合に死骸を遺棄し行方不明として処理した。四月十一日、馬山市中央埠頭沖に、催涙弾が右側の目に打ち込まれたキム・ジュヨルの死体が浮び上がった。これを発端に馬山民主抗争が勃発し、四・一九革命へと広がっていった。

＊16　**チェギ**　紙や布で包んだ銅銭などを地上に落とさないように蹴り上げるチェギチャギという遊びに使う道具。紙や羽などで飾りの房をつける。

＊17　**洑**《ボ》　堰。河川の流水を制御するために河川を横断する形で設けられるダム以外の構造物で堤防の機能をもたないもの。

＊18　**権正生**《クォンジョンセン》**（一九三七〜二〇〇七）**　児童文学家。童話作家。詩人。日本では『こいぬのうんち』（ピョン・キジャ訳、平凡社）が翻訳出版されている。

著者　**パク・ジュン**（박준　朴濬）

1983年ソウル生まれ。

2008年『実践文学』にて作品を発表し、詩人としてデビューした。

詩集に『あなたの名前を煎じて数日間食べた』、『私たちが一緒に梅雨を見られるかもしれません』、絵本に『私たちはアンニョン』、散文集に『季節の散文』がある。

申東曄文学賞、今日の若い芸術家賞、片雲文学賞、朴在森文学賞などを受賞。創作活動以外にも、ラジオDJや、映画出演など幅広く活躍している。

訳者　**趙倫子**（ちょ　りゅんじゃ）

1975年大阪府大東市生まれ。韓国語講師。パンソリの鼓手および脚本家。

創作パンソリに「四月の物語」「海女たちのおしゃべり」「にんご」。

翻訳書にホ・ヨンソン『海女たち』（新泉社）、ファン・ソギョン『たそがれ』（クオン、いずれも姜信子との共訳）がある。

セレクション韓・詩 04

泣《な》いたって変《か》わることは何《なに》もないだろうけれど

2024年6月30日　初版第1刷発行

著者　パク・ジュン（박준　朴濬）
訳者　趙倫子
編集　川口恵子
校正　五十嵐真希
ブックデザイン　松岡里美（gocoro）
印刷　大盛印刷株式会社

発行人　永田金司　金承福
発行所　株式会社クオン
〒101-0051
東京都千代田区神田神保町1-7-3 三光堂ビル3階
電話　03-5244-5426
FAX　03-5244-5428
URL　https://www.cuon.jp/

ISBN 978-4-910214-54-2 C0098

インタビュー動画

2021年11月　K-BOOKフェスティバル

「박준《パクジュン》と語り合う、詩人박준《パクジュン》とその世界。」

『泣いたって変わることは何もないだろうけれど』特設ページ